AF220566

Kurzvita der Autorin:

Jana Stolze-Kapphammel ist 1975 in Dessau (Sachsen-Anhalt) geboren und aufgewachsen. Heute lebt sie mit ihrem Mann in Löberitz, einem Ortsteil von Bitterfeld-Wolfen. Zum regelmäßigen Schreiben ist sie erst durch einen regionalen Aufruf gekommen. Einige ihrer Geschichten und Gedichte sind in verschiedenen Anthologien der Edition Freiberg und in dem Buch "Von Apfelbaum bis Schwanenherz" (Schreibende Goitzschefedern) erschienen. Dies ist nun das erste eigene Werk der Autorin, welche auch privat eine Affinität zu Grusel-, Fantasie-, Thriller- und Kriminalgeschichten hat.

Jana StoKa

Der geheimnisvolle Bär

13 Gänsehautgeschichten

FSC
www.fsc.org
MIX
Papier aus ver-
antwortungsvollen
Quellen
Paper from
responsible sources
FSC® C105338

Bibliografische Information der Deutschen
Nationalbibliothek: Die Deutsche
Nationalbibliothek verzeichnet diese
Publikation in der Deutschen
Nationalbibliografie; detaillierte bibliografische
Daten sind im Internet über http://dnb.dnb.de
abrufbar.

Herstellung und Verlag: BoD – Books on
Demand, Norderstedt

ISBN: 9783752898316

INHALTSVERZEICHNIS

Der seltsame Fluggast

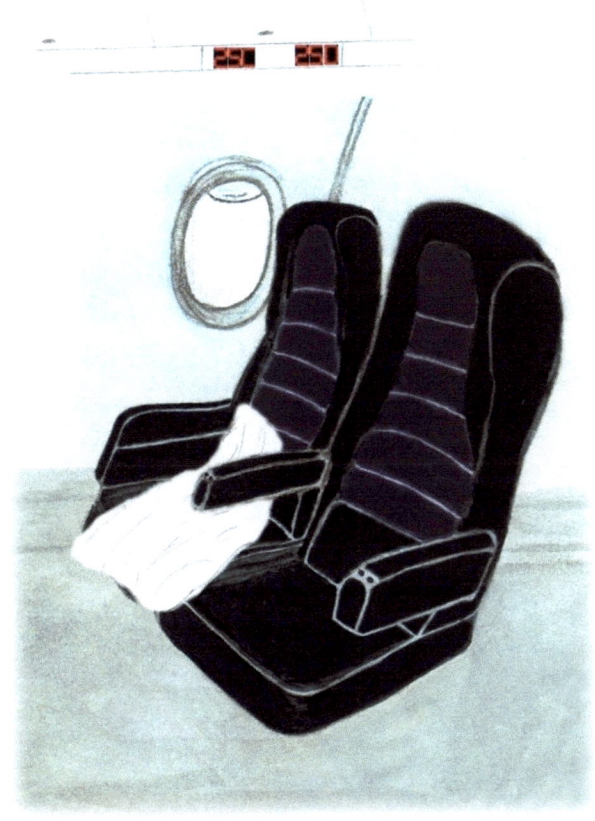

Fabienne war jetzt seit über fünf Jahren Stewardess. Und sie liebte ihren Job. Der Stress machte ihr nichts aus. Sie war Mitte zwanzig und in Hochform. Über eine Familie oder gar Kinder dachte sie momentan überhaupt nicht nach. Fabienne wollte schon seit sie denken konnte die Welt bereisen und kennenlernen. Deswegen war sie Flugbegleiterin. Deswegen hatte sie keine Familie gegründet. Noch nicht. Später vielleicht. Sie hatte bei einigen ihrer Kolleginnen gesehen wie schwer es ihnen fiel sich von ihren Kindern zu trennen. Und einige hatten sich dazu entschlossen ihren Beruf an den Nagel zu hängen. Nur noch für die Familie da zu sein. Das war für Fabienne nichts. Sie füllte gerade ihren Servierwagen mit Getränken auf. Auf diesen Flug ging es nicht weit weg. Nur von Wien nach Hamburg. Nach und nach fanden die Passagiere ihre Plätze, während ihre Koffer und andere Fracht im hinteren Teil eingeladen wurden. Damit sich der Flug lohnte wurden auch bestimmte Güter transportiert.

"Na, wie läuft`s?", fragte Lisa.

Fabienne sah auf und lächelte ihrer Kollegin und Freundin zu. "Von mir aus kann`s los gehen. Aber ich glaube unser Co-Pilot ist noch mit dem betrachten seines Spiegelbildes beschäftigt."

Lisa rollte mit den Augen. "Ja. Der glaubt auch er wäre ein Geschenk an die Frauen, direkt vom Olymp geschickt."

Sie prusteten lachend los. Über die Eitelkeit mancher Männer herzuziehen war die Lieblingsbeschäftigung der Beiden.

Nach der üblichen Sicherheitsbelehrung arbeitete sich Fabienne mit ihrem Servierwagen Reihe für Reihe nach hinten durch. Bei dieser kleinen Maschine brauchte ihre Kollegin nicht mitzuhelfen. Der Flug war auch nur zu zweidrittel ausgebucht. Sie dachte in der letzten Reihe säße niemand. Aber sie entdeckte einen grauen Haarschopf.

"Einen wunderschönen guten Tag! Darf es etwas für Sie sein?", fragte Fabienne lächelnd.

Der Mann schaute sie an und schien nicht zu verstehen. Fabienne stellte ihre Frage nochmal auf englisch.

"Ich möchte nur nach Hause.", antwortete der Mann recht leise und auf deutsch.

Fabienne zog die Augenbrauen zusammen, `Äh! Okay.`, dachte sie und lächelte ihn professionell an. "Gut. Wenn Sie etwas brauchen machen Sie sich bemerkbar."

"Meine Frau wartet auf mich.", gab der nur fast flüsternd zurück und sah wieder aus dem Fenster.

Fabienne schüttelte den Kopf und ging wieder nach vorn. In der kleinen Küche traf sie Lisa, die gerade Kaffee für die Cockpit-Crew auf ein Tablett stellte. Sie sah Fabienne an und runzelte die Stirn.

"Was ist denn mit dir los?"

Fabienne schüttelte den Kopf und antwortete: "Nichts. Nur ein seltsamer Fluggast."

"Ich bringe das nur schnell ins Cockpit. Dann erklärst du mir das genauer."

Nach ein paar Minuten kam Lisa zurück, stellte das leere Tablett ab und drehte sich zu Fabienne um.

"Also. Was ist jetzt mit deinem komischen Fluggast?", fragte sie. Fabienne erzählte ihr von dem kurzen aber seltsamen Gespräch.

"Wer weiß.", sagte Lisa, "Viele Passagiere haben Flugangst. Vielleicht weiß er sich nicht anders auszudrücken. Einige reden ununterbrochen um sich abzulenken. Wieder Andere sind in sich gekehrt und still."

Fabienne nickte. "Du hast vermutlich recht."

Lisa drehte sich Richtung Mittelgang.

"Wo willst du hin?", fragte Fabienne, obwohl sie es sich schon denken konnte. Lisa drehte lächelnd den Kopf. "Na ihn mir mal ansehen, diesen mysteriösen Mann."

Fabienne hielt sie an der Schulter fest. "Bist du verrückt?! Wenn er nun wirklich seine Ruhe haben möchte. Abgesehen davon, wäre es nicht ein wenig auffällig, wenn du durch den Gang gehen würdest und ihn anstarrst?"

Lisa drehte sich um und tat so als würde sie überlegen. "Wir sind doch Servicekräfte. Also schnapp dir den Wagen. Wir werden einfach die Passagiere nochmal fragen ob sie etwas benötigen. Das fällt dann weniger auf."

Fabienne schüttelte den Kopf, folgte Lisa aber. Sie arbeiteten sich langsam nach hinten durch. Und nicht wenige Passagiere nahmen das Angebot an. In der letzten Reihe schaute der Mann aus dem Fenster, als hätte er sie gar nicht bemerkt.

"Hallo!", sprach Lisa ihn an.

Der drehte langsam den Kopf.

"Möchten Sie vielleicht etwas trinken oder eine Kleinigkeit essen?", fragte Lisa freudestrahlend. Er schaute geistesabwesend, aber antwortete: "Ich muss nach Hause. Ich werde erwartet."

Lisa schaute zu Fabienne. Die warf ihr einen Blick zu, der ausdrückte: `Ich habe es dir ja gesagt! `. Der Mann hielt seine Arme verschränkt als würde er frieren.

"Ist Ihnen kalt?", fragte Fabienne.

Der Mann nickte vorsichtig. Lisa öffnete ein Fach über ihm und holte eine Decke heraus. Sie legte sie ihm über die Beine und Arme.

"Möchten Sie nicht vielleicht doch einen heißen Kaffee oder Tee?", fragte Lisa.

Der Mann schüttelte den Kopf, drehte sich zum Fenster und sprach leise: "Ich möchte nach Hause zu meiner Familie."

Lisa sah zu Fabienne und hob die Schultern. Sie gingen wieder nach vorn und sammelten unterwegs die leeren Becher und Verpackungen ein.

In der Küche sagte Lisa: "Der ist ja wirklich komisch."

"Vielleicht ist er ja auch nur krank. So wie der gefroren hat.", antwortete Fabienne.

Im Flugzeug herrschten angenehme Temperaturen aber es war nicht kalt.

"Na hoffentlich steckt der uns nicht an.", entgegnete Lisa.

"Sind ja nicht mehr ganz fünfzig Minuten.", versuchte Fabienne sie und sich selbst zu beruhigen. Beide gingen wieder ihrer gewohnten Arbeit nach.

Lisa kam gerade aus dem Cockpit, wo sie der Crew das zweite Mal Kaffee gebracht hatte. Einen Becher hatte sie wieder mitgebracht. Fabienne sah sie die Augen verdrehen.

"Was ist?", fragte sie.

"Als ich ins Cockpit gekommen bin, rate mal wer sich gerade im Fenster betrachtet hat?", fragte Lisa schnippisch.

Fabienne musste lachen. "Vielleicht hat unser Co-Pilot einfach die Aussicht genossen."

"Ach Quatsch. Dann hätte er seinen Kopf doch nicht ständig in alle Himmelsrichtungen gedreht um zu sehen ob alles noch sitzt.", klärte Lisa sie auf.

Immer noch lächelnd sahen sie eine Frau auf sich zukommen.

"Möchten Sie noch etwas?", fragte Fabienne.

"Nein danke. Ich wollte nur Bescheid geben, dass die Toilette auf der rechten Seite verschmutzt ist.", antwortete diese leise.

"Oh! Vielen Dank für den Hinweis. Wir werden uns gleich darum kümmern."

"Kannst du das erledigen? Ich muss nochmal ins Cockpit. Kapitän Wolters wollte lieber einen Tee.", fragte Lisa.

Fabienne nickte und ging nach hinten. In der letzten Reihe schaute der Mann immer noch aus dem Fenster. Fabienne reinigte die Toilette und begab sich wieder nach vorn. Zumindest wollte sie das. Ihr Blick ging wieder zu dem unheimlichen Passagier. Er hatte seine Augen geschlossen und schlief. `Schlaf ist immer noch die beste Medizin.`, dachte sie. Jetzt fiel Fabienne ein Ausweis einer Firma auf, der unter dem Revers vor lugte. Sie beugte sich nach vorn. Karl-Heinz Frederikson IT Service Management, las sie. Sie klärte Lisa über den Namen und Beruf des Mannes auf.

Eine viertel Stunde später landeten sie in Hamburg. Als alle Passagiere von Bord waren sah Fabienne Lisa stirnrunzelnd an.
"Was ist?", fragte diese.
"Hast du den Mann aus der letzten Reihe rausgehen sehen?"
"Nicht, dass ich wüsste."
"Wir sollten mal nachsehen. Vielleicht schläft er noch.", schlug Fabienne vor.
Lisa nickte. Als sie hinten angekommen waren, saß dort niemand mehr. Nur die Decke lag noch auf dem Sitz. Sie sahen sich verwundert an.
Lisa hatte eine plausible Erklärung. "Er wird sicherlich dicht hinter einem der anderen Passagiere mit raus geschlüpft sein. So groß war er ja nicht."
Fabienne war nicht überzeugt. Die Anzahl der Passagiere war recht übersichtlich gewesen.

Lisa und Fabienne gingen, nachdem sie ihre Aufgaben soweit erledigt hatten, zu ihrer Kollegin an den Schalter ihrer Fluggesellschaft.

"Hallo! Na wie war der Flug?", begrüßte diese die Beiden.

"Hey Kyra! Ganz gut. Nur ein bisschen seltsam. Kannst du einen Gefallen tun und uns Auskunft über einen Passagier geben?", fragte Lisa ohne große Umschweife.

Kyra hob eine Augenbraue. "Seltsam. Aha! Und das hat mit dem Fluggast zu tun?"

Lisa nickte.

"Hat dieser seltsame Passagier auch eine Sitzplatznummer?"

"25 D. Und sein Name ist Karl-Heinz Frederickson.", antwortete diesmal Fabienne.

"Oh! Sogar der Name ist bekannt.", sagte Kyra erstaunt.

Sie gab alles in den Computer ein. Sie runzelte die Stirn. "Also der Sitzplatz 25 D wurde auf diesem Flug nicht vergeben."

Fabienne und Lisa sahen erst sich und dann wieder Kyra an.

"Vielleicht hatte er ursprünglich einen anderen Sitzplatz zugewiesen bekommen und sich dann ganz nach hinten gesetzt um seine Ruhe zu haben als er bemerkt hat, dass keiner dort sitzt.", schlussfolgerte Fabienne.

"Seid ihr sicher, dass ihr mit diesem Mann gesprochen habt?", fragte Kyra kopfschüttelnd und schaute verwirrt auf den Monitor vor ihr.

"Na klar. Wir sind doch nicht verrückt.", regte sich Lisa etwas auf.

Kyra öffnete ungläubig den Mund und schaute an ihnen vorbei aus dem Fenster auf das Rollfeld.

"Was ist nun? War dieser Mann an Bord?", fragte Lisa immer noch aufgeregt.

Kyra nickte und antwortete: "Ja, das war er. Nur sehr viel weiter hinten." Sie zeigte auf das Rollfeld, wo die Koffer der Passagiere ausgeladen wurden. Fabienne und Lisa drehten sich um und wurden blass. Neben dem Fahrzeug, auf welchem die Koffer aufgeladen wurden, stand ein ganz spezieller Wagen in den gerade ein Sarg geschoben wurde.

Beruhigende Stimme

"Du bist spät dran.", ermahnte ihn Karl. Benjamin, von allen nur Ben genannt, rollte mit den Augen.

"Wie wäre es erstmal mit einem Guten Morgen!"

"Guten Morgen? Mahlzeit ist wohl angebrachter.", wies Karl ihn zurecht. Dabei blieb er aber immer noch ruhig, wo ein anderer schon die Fassung verloren hätte. Ben war ein super Rennfahrer, aber mit der Pünktlichkeit hatte er es nicht so.

"Was soll ich machen?! Die Damen stehen einfach auf mich. Und das Schätzchen von gestern wollte mich heute früh einfach nicht gehen lassen.", erklärte Ben grinsend.

"Die Weiber bringen dich mal noch ins Grab.", konterte Gabriel, einer der Mechaniker.

Ben winkte ab. Karl schaute ihn an, mit einem Blick, der die Aussage des Mechanikers bestätigte.

"Und, weißt du noch den Namen von dem `Schätzchen`?",stichelte der Mechaniker weiter.

"Klar."

Gabriel schaute ihn an als würde er sagen wollen: `Na sag schon. Wie hieß sie?`.

Ben wusste den Namen natürlich nicht mehr. Sein Verschleiß an Frauen war ebenso enorm wie der von seinen Reifen.

"Ich dachte, ich wäre zum fahren hier.", wiegelte Ben ab. Gabriel lachte.

Mit den Anweisungen die Karl ihm über Funk gab fuhr Ben super Zeiten. Die Ruhe die Karl ausstrahlte war einfach einmalig, wie Ben fand. Er übernahm auch so etwas wie eine Vaterfigur für ihn. Sein eigener Vater hatte ihn und seine Mutter im Stich gelassen als Ben zwei Jahre alt war. Seine Mutter starb an einem Hirntumor als er gerade fünfzehn geworden war. Das hatte ihn so aus der Bahn geworfen, dass er sich einer berüchtigten Gang anschloss. Als Aufnahmeritual sollte er in eine Werkstatt einbrechen. Aber er wurde erwischt. Von Karl! Er bot ihm an, sein Leben zu verändern. Und Ben nutzte diese Chance. Die Jungs vom Rennstall waren jetzt seine Familie. Aber Karl und er hatten ein besonderes Verhältnis.

Ein paar Wochen später fand ein großes Rennen statt. Die Tage davor waren enorm stressig. Jeder war mit Eifer dabei. Es gab immer wieder Probleme mit dem Gas. Der Wagen zog nicht so wie er es sollte. Ben machte das rasend, weil die Mechaniker den Fehler nicht fanden.
"So werden wir nie gewinnen.", tobte er in der Werkstatt.
"Ach! Jetzt sind wir wohl schuld?", schrie Gabriel zurück.
"Ich bin nur der Fahrer. Ihr seid doch angeblich

die Experten. Findet verdammt nochmal endlich den Fehler. Morgen ist schon das Rennen."

"Wenn du morgen das Rennen nicht vom Krankenhausbett sehen willst, hältst du besser deine Klappe.", drohte Gabriel ihm. Die Stimmung war aufgeheizt. Karl blieb als einziger ruhig. "Leute bitte. Gehen wir nochmal alles durch." Er war auch erschöpft und man sah es ihm an. Man entschied sich nochmals alles auszutauschen was die Ursache dafür sein konnte. Danach lief der Wagen ohne Probleme.

Am nächsten Morgen war Ben relativ pünktlich. Nur einer fehlte. Karl. Das war absolut untypisch für ihn. Silvio, einer der Mechaniker kam auf ihn zu.

"Karl hat verschlafen. Er kommt so schnell wie möglich. Ich werde solange mit dir kommunizieren bis er da ist."

Ben nickte. Das war ihm zwar nicht recht aber es ging nicht anders. Alle hatten gestern bis zum späten Abend gearbeitet. Und durch die beruhigende Art von Karl hatten sich die erhitzten Gemüter abgekühlt. `So ein Streitschlichter hat es nicht einfach. Kein Wunder das Karl verschlafen hat.`, dachte Ben. Er machte sich bereit. Alle arbeiteten professionell. Dann ging es los.

Ben hatte keinen guten Start erwischt. Auf dem siebenten Platz hatte er sich schließlich vorgekämpft. Silvio machte einen guten Job, aber Karl konnte er eben nicht ersetzen. Der erste Reifenwechsel lief etwas hektischer als sonst. Karl fehlte also nicht nur ihm.

"Ben! Bernard`, der Franzose vor dir, fährt in den engen Kurven immer recht weit raus. Es ist riskant, aber du solltest versuchen innen vorbeizuziehen.", hörte er die Anweisung von Silvio.

"Okay! Schon was von Karl gehört?"

"Er müsste bald da sein. Du weißt doch, während er Auto fährt telefoniert er nicht." Die nächste enge Kurve kam in Sicht. Ben überholte den Franzosen. "Silvio! Bin vorbei." "Fantastisch! Weiter so.", lobte Silvio ihn.

"Danke für den Tipp.", antwortete Ben.

Ben fuhr mittlerweise als Vierter im Feld. Die Stecke war inzwischen sehr verdreckt. An einer Stelle war es besonders schlimm. Kurz zuvor hatte es dort einen kleinen Unfall gegeben. Die Streckenposten hatten sich bemüht die meisten Trümmerteile zu entfernen. Aber es waren trotzdem noch viele Kleinteile zurückgeblieben. Ben fuhr gerade über diese Trümmerteile. Bis jetzt hatte es keine

Probleme gegeben. Ben spürte eine Erschütterung unter dem Wagen. Als ob etwas von den Teilen gegen seinen Unterboden schlug. Aber er konnte keine Veränderung im Fahrverhalten seines Wagens bemerken. `Glück gehabt`, dachte er.

"Ben?"

"Karl! Endlich bist du da.", rief er freudestrahlend.

"Ja, jetzt bin ich da. Ben du musst in das nächste Kiesbett fahren."

"Was? Wieso das denn?", fragte Ben.

"Dein Wagen hat etwas abbekommen."

"Ja, hab` ich bemerkt. Aber er fährt doch ohne Probleme.", gab Ben zurück.

Er war doch schon so weit gekommen. Immerhin, bis jetzt, Position vier. Einen Platz auf das Sieger-Podium wollte er unbedingt erreichen.

"Ben. Dein Benzinschlauch leckt. Außerdem schleift ein abgerissener Teil deines Bodenblechs auf dem Asphalt.", hörte er Karls ruhige Stimme.

Ben bemerkte das Schleifen. Das war ihm vorher gar nicht aufgefallen.

"Gut. Dann fahre ich gleich ran."

"Nein. Das geht nicht. Du würdest die Zuschauer gefährden."

Karl hatte recht. Links und rechts standen die Leute zwar nicht direkt an der Strecke, jedoch ziemlich dicht dran.

Ben bemerkte einen helleren Schein im Rückspiegel.

"Karl! Ich habe Feuer gefangen.", rief er panisch ins Mikro.

"In circa einem Kilometer kommt das Kiesbett. Der Fahrtwind hält das Feuer klein. Wenn du dort bist entferne dich so schnell wie möglich vom Wagen."

"Ich hoffe nur, das schaffe ich.", rief Ben in einer höheren Tonlage.

"Aber sicher doch mein Junge." Karl war immer noch die Ruhe in Person.

Ben sah das Kiesbett und steuerte sein Wagen hinein. Er öffnete seinen Gurt, sprang aus dem Wagen und lief ein paar Meter. Im Laufen nahm er den Helm ab. Als er sich umdrehte stand das Heck schon in Flammen. Die Streckenposten kamen mit den Feuerlöschern. Als sie auf Bens Höhe waren gab es eine enorme Verpuffung. Die Druckwelle ließ sie in den Kies fallen. Als Ben aufsah, hatte der komplette Wagen Feuer gefangen. Die Streckenposten fingen an zu löschen.

Der Arzt konnte nur angesengte Augenbrauen feststellen. Ben kehrte in seine Box zurück. Silvio rannte auf ihn zu.

"Bist du in Ordnung?"

"Ja, ja. Es geht mir gut. Nur der Wagen.Oh man! Karl wird mich umbringen."

Ben sah sich um. "Wo ist Karl überhaupt?"
Silvio schaute ihn überrascht an. "Karl ist noch
nicht da."
"Wie, Karl ist noch nicht da? Ich habe vor noch
nicht mal zwanzig Minuten mit
ihm gesprochen."
"Ben. Irgendetwas war mit dem Funk nicht
in Ordnung. Wir haben dich sprechen hören
aber du hast uns anscheinend nicht
verstanden. Und das war gut so. Wir
wollten, dass du sofort ran fährst. Wir
haben nicht damit gerechnet, dass es eine
so riesige Verpuffung gibt. Das hätte böse
ausgehen können mit den vielen Menschen
am Rand der Strecke." Ben schaute ungläubig.
"Und wo ist Karl jetzt? Hat er vielleicht von
einer anderen Box aus gesprochen?"
Gabriel eilte leichenblass auf die beiden zu.
"Wir wurden gerade von der Polizei
benachrichtigt, dass Karl auf dem Weg
hierher einen Herzinfarkt gehabt hatte. Er
ist einem anderen Wagen hinten drauf
gefahren. Dem geht es gut. Karl liegt auf
der Intensivstation. Die Ärzte sind aber
zuversichtlich."
Silvio fragte: "Wann war das?"
"Der Unfall? Vor über einer Stunde."
Ben zitterte am ganzen Körper. Wie war das
möglich? Er hatte doch ganz deutlich Karls
Stimme gehört. Vor noch nicht mal zwanzig
Minuten.

Lucie

Katarinas Arme wurden immer länger. In den nächsten zehn bis fünfzehn Jahren würde sie ganz bestimmt nicht mehr umziehen, schwor sie sich. Und falls doch, dann nur noch in ein Haus mit Aufzug. Sie hatte eine kleine Dachgeschoss-Wohnung bezogen, die sich im dritten Stock befand. Alle Wohnungen waren erst saniert worden aber einen Aufzug gab es eben nicht.

Ihr Vater kam gerade die Treppe runter und fragte: "Ist noch was im Auto?"

"Drei Kisten und zwei Beutel mit Wäsche.", antwortete sie schwer atmend.

"Gut. Auf zum Endspurt."

Oben angekommen lief Katarina ein Schweißtropfen ins Auge. Sie fluchte.

"Ist was passiert?" Ihre Mutter kam auf sie zugeeilt und nahm ihr den Karton ab.

"Mir ist Schweiß ins Auge gekommen. Das brennt vielleicht."

"Geh ins Bad und spül das mal aus." , forderte ihre Mutter sie auf.

"Da ist aber noch was im Auto.", widersprach Katarina und wischte sich am Auge rum.

"Kind! Es wird doch nicht besser. So tränt dir eh nur das Auge. Womöglich verfehlst du eine Stufe und stürzt. Das wäre kein guter Anfang für den Einzug in die neue Wohnung.", ermahnte ihre Mutter sie. Da war sie ausgezogen um endlich auf eigenen Beinen zu stehen und jetzt behandelte ihre Mutter sie doch wie ein kleines Kind. Aber sie hatte ja recht. Also ging sie ins Badezimmer. Als Katarina aus der Tür trat, kam ihr Oliver mit den zwei Wäschesäcken entgegen.

"Sollen die gleich ins Schlafzimmer?", fragte ihr Freund und Partner von ihrer besten Freundin Stefanie. Oliver, Steffi und Katarina kannten sich seit der Schulzeit auf dem Gymnasium.

"Ja. In eine Ecke wo sie nicht stören. Der Schrank muss ja noch aufgebaut werden."

"Da werde ich mich gleich dran machen.", sagte Oliver und ging Richtung Schlafzimmer.

"Mein Papa hilft dir.", rief sie ihm hinterher.

"So, das war`s. Alles oben.", hörte Katarina. Steffi stand mit einer Kiste vor ihr und grinste sie breit an.

In den folgenden Wochen war Katarina damit beschäftigt alles einzuräumen. Sie warf ein Blick aus dem Fenster und sah das Mädchen, welches ihr schon öfters auf der Straße aufgefallen war. Sie beschloss sich bei ihr vorzustellen. Der volle Müllbeutel war der Vorwand nach unten zu gehen. Katarina beeilte sich damit sie die Kleine noch antraf. Als sie den Müll entsorgt hatte, lief sie über die Straße geradewegs auf das Mädchen zu und lächelte sie freundlich an. Katarina fing erstmal mit einem "Hallo!" an. Die Kleine erwiderte den Gruß.

"Ich habe dich schon öfters gesehen. Wohnst du hier in einem der Eingänge?", fragte Katarina.

Die Kleine schüttelte den Kopf und zeigte nach links. "In der übernächsten Straße."

"Aha! Wohnt deine Familie schon lange da?", fragte Katarina.

Sie wusste, dass es dort nur Einfamilienhäuser gab. Die Kleine nickte. "Mama und Papa haben da schon gewohnt als ich noch nicht geboren war."

"Ich habe vor zwei Wochen auch noch bei meinen Eltern gelebt. Jetzt wohne ich da oben." Katarina zeigte auf ihre Dachgeschosswohnung. "Ich bin übrigens Katarina. Und du?"

"Lucie.", war die knappe Antwort.

"Lucie. Das ist aber ein schöner Name. Du gehst bestimmt schon die Schule?!"

"Ich war in der zweiten Klasse. Aber jetzt bin ich schon ganz lange nicht mehr hingegangen, weil ich krank bin."

Katarina runzelte die Stirn. Abgesehen von den dunklen Augenrändern sah Lucie überhaupt nicht krank aus, nur traurig. Aber das hatte nichts zu sagen. Vielleicht war die Krankheit nicht so schlimm. Allerdings wäre Lucie dann nicht so lange der Schule ferngeblieben.

"Seit wann bist du denn zu Hause?", fragte Katarina.

Die Kleine hob die Schultern. "Weiß nicht."

Sie schauten sich eine Weile an.

"Und kommen dich deine Freunde aus der Schule oft besuchen?", brach Katarina das Schweigen.

"Sophie und Kiara haben mich manchmal besucht. Aber jetzt nicht mehr. Mama hat gesagt sie sollen nicht mehr kommen."

`Warum das denn?`, dachte Katarina.

"Ich glaube Mama und Papa wollen mich wegschicken.", erzählte Lucie weiter.

"Ach was. Warum sollten sie das denn tun?", fragte Katarina leicht empört.

"Weil der Mann das gesagt hat."

Katarina wurde hellhörig. "Welcher Mann?"

"Na der im weißen Kittel."

"Du meinst einen Arzt.", schlussfolgerte Katarina. Die Kleine nickte.

"Ich muss jetzt nach Hause. Mama und Papa machen sich Sorgen.", rief Lucie und rannte die Straße runter.

Katarina starrte ihr hinterher und schüttelte den Kopf.

Am nächsten Tag stand Lucie wieder auf dem Gehweg und schaute sich um. Katarina lief schnell die Treppen hinunter.

"Hey!", rief sie über die Straße und lief zu Lucie. "Na, wie geht`s dir heute?"

"Nicht so gut. Mama und Papa wollen mich wirklich wegschicken."

"Oh Lucie!", sagte Katarina bedauernd, "Vielleicht möchten sie dich auf eine Kur schicken, damit du gesund wirst.", fuhr sie fort. Lucie schaute sie traurig an.

"Aber deine Mama oder dein Papa begleiten dich bestimmt.", versuchte Katarina der Kleinen Mut zu machen.

Lucie schüttelte den Kopf. "Ich soll allein gehen."

Was waren das denn für Eltern? Katarina konnte es nicht fassen. "Wenn du deinen Eltern sagst, dass du sie dabei haben möchtest begleiten sie dich bestimmt."

Lucie schüttelte den Kopf. "Der Mann im Kittel sagt, ich muss allein gehen."

Katarina schnappte nach Luft. Sie verstand die Welt nicht mehr. Vielleicht waren Lucies Eltern auf einen sogenannten Wunderdoktor reingefallen, der ihnen das einredete. Und bestimmt kassierte der auch noch kräftig ab. Katarina wurde zornig. Womöglich sollte sie mal mit den Eltern reden, um ihnen Lucies Ängste vor Augen zu halten.

"Lucie? Verrätst du mir deinen vollen Namen?", fragte sie vorsichtig.

"Lucie Beck."

"Und weißt du wo du wohnst? Ich meine eure Hausnummer."

Lucie wandte sich um und sagte: "Ich muss jetzt gehen."

"Warte!", rief Katarina ihr nach.

Aber Lucie rannte die Straße runter, bog um die Ecke und war verschwunden.

So ging das die nächsten drei Tage weiter. Lucie hatte schon fast panische Angst davor weggeschickt zu werden. Heute wollte Katarina mit den Eltern sprechen. So ging das nicht weiter. Sie hatte auch die Hausnummer aus Lucie herausbekommen. Jetzt stand Lucie vor ihr mit Tränen in den Augen. Es war das erste Mal, dass sie kurz vor dem Weinen stand.

"Der Mann im Kittel möchte, dass Mama und Papa mich wegschicken.", wimmerte die Kleine. "Ich will nicht.", schrie sie und rannte den gewohnten Weg zurück.

Katarina sprang auf und folgte ihr. Dafür, dass sie so krank sein sollte rannte Lucie ganz schön schnell. Sie war schon aus ihrem Sichtfeld verschwunden. Katarina bog um die Ecke und atmete heftig. Keine Spur von Lucie. Aber sie hatte ja die Hausnummer. Ungefähr bis zur Mitte der Straße hatte sie zu laufen. Je näher sie kam umso mehr stieg ihr Unbehagen. Vor dem besagten Haus standen ein Notarzt- und Krankenwagen. Katarina bekam einen Schreck. Was war hier nur passiert. Sie wollte gerade klingeln als die Tür geöffnet wurde. Zwei Sanitäter traten heraus.

Der erste sagte über die Schulter zu seinem Kollegen: "Mann, das ist vielleicht eine Scheiße. Bald müssen wir die Kleine hier fortschaffen." Er zuckte erschrocken zusammen, als er sich zu Katarina umdrehte. "Hallo! Wollen sie sich vielleicht auch von dem Mädchen verabschieden?", fragte er.

Katarina überlegte kurz und nickte einfach. Wollten sie Lucie etwa zwangseinweisen? Sie ging in das Haus und folgte den Stimmen. In einem Raum standen um die zehn Leute. Eine Frau weinte herzzerreißend. Katarina trat näher und traute ihren Augen kaum. Ein Arzt beugte sich über eine Person in einem Krankenbett um das zahlreiche Monitore und Gerätschaften standen. In dem Bett lag Lucie. Der Arzt wollte gerade das Beatmungsgerät ausschalten. Katarina wusste nicht warum, aber es schien nicht richtig zu sein. Deshalb rief sie laut: "NEIN!"

Alle schauten sie erschrocken an.

Ein Mann fasste sich als erster und fragte: "Wer sind Sie?"

Katarina schaute in die Runde um Zeit zu schinden. Wie sollte sie das erklären, was ihr selbst unbegreiflich war. "Ich...Ich weiß es hört sich unglaublich an, aber ich habe in den letzten Tagen mit Lucie gesprochen. Sie hatte Angst, dass sie Sie fortschicken. Ich hatte ja keine Ahnung wie sie das meinte."

Katarina schaute in verständnislose und teilweise empörte Gesichter. Jetzt meldete sich der Arzt zu Wort. "Lucie liegt nach ihrem bedauerlichen Badeunfall seit über einem Jahr im Koma. Das sie mit Ihnen gesprochen hat entbehrt ja wohl jeglicher Vorstellung."

"Hören Sie, ich weiß ja selbst nicht wie ich das erklären soll. Denken Sie vielleicht ich weiß nicht wie verrückt sich das anhört?! Aber ich habe mit Lucie gesprochen. Und sie möchte nicht..."

"Oh mein Gott!", rief die weinende Frau aus.

Alle drehten sich augenblicklich zu ihr um. Sie beugte sich über Lucie und schüttelte den Kopf.

"Hanna?", fragte der Mann der sie zuerst angesprochen hatte. Offensichtlich der Vater. Hanna, ganz sicher Lucies Mutter, drehte sich zu ihrem Mann um. "Robert, ihre Augen."

Er trat näher an das Bett. Einige der Leute schlugen überrascht die Hände vor den Mund. Katarina hörte ein: "Das gib es doch nicht." Sie trat näher an das Bett. Jetzt wusste sie was alle so schockierte. Lucie liefen Tränen aus ihren geschlossenen Augen. In dem Augenblick kam auch in sämtliche Apparaturen Bewegung.

Der Arzt untersuchte sie gleich und schüttelte den Kopf. "Seit über einem Jahr gab es keine Lebenszeichen von Lucie. Und jetzt das. Ich bin wirklich überrascht."

Einige sprachen von einem Wunder.

In den nächsten Wochen fand Lucie nach und nach ins Leben zurück. Mit Katarina verband sie eine besonders freundschaftliche Beziehung. Lucie meinte, sie habe von ihr geträumt.

Der geheimnisvolle Bär

Marietta war aufgeregt. Heute würde sie mit ihrem Vater in die Berge fahren. Zelten wollten die Beiden. Ihre Mutter hatte darauf keine Lust `sich von sämtlichen Tieren bekrabbeln zu lassen`, meinte sie. Marietta war das egal. Früher war sie oft mit ihrem Vater mal raus in die Natur gefahren. Aber seit sie ihr eigenes Leben in der Stadt lebte war nicht genügend Zeit. Oder man nahm sie sich einfach nicht. Diesmal aber wollte sie unbedingt mit ihrem Vater in die Berge. Ihre Mutter verabschiedete sich von den beiden und wünschte viel Spaß.

"Komm Mari. Nicht so langsam.", sagte ihr Vater. Nur er nannte sie Mari. Sie fand das in Ordnung. Ihr ging langsam die Puste aus.
Ihr Vater merkte das und neckte sie: "Die Stadt hat dich verweichlicht. Du bist anscheinend nichts Gutes mehr gewöhnt."
Sie grinste ihn an und erwiderte: "Ha! Mit dir kann ich allemal mithalten, alter Mann."
Er lächelte in dem Bewusstsein, dass sie es nicht so meinte. Aber Marietta war wirklich etwas eingerostet. Nach einer gefühlten Ewigkeit, wie sie meinte, kamen sie an dem Fluss an, der ihr Aufenthaltsort für die nächsten drei Tage sein sollte. Mit einigen geübten Handgriffen von ihrem Vater stand das Zelt nach kurzer Zeit. Am Abend saßen sie

gemütlich am Fluss beim Essen und redeten über dies und das. Als sich Marietta den nächsten Happen in den Mund stecken wollte, stockte sie. Soeben hatte in einiger Entfernung ein großer Bär den Wald verlassen und schlenderte auf den Fluss zu. Ihr Vater drehte sich vorsichtig um, weil er ihren erschreckten Gesichtsausdruck gesehen hatte. Der Bär schaute sie eine Weile an. Ihm fehlte ein Stück von seinem linken Ohr. Dann hob er eine Pranke, schlug heftig ins Wasser und zog sie wieder raus. Dann schnappte er mit seinem Maul in den Fluss und hatte einen Fisch zwischen seinen Zähnen. Der Bär schaute nochmal in die Richtung von Marietta und ihrem Vater und zog sich in den Wald zurück. Marietta atmete geräuschvoll aus.

"Sollen wir wirklich hierbleiben?", fragte sie ihren Vater.

Er antwortete: "Ich denke nicht, dass wir umziehen sollten. Er sieht uns nicht als Bedrohung an. Eine andere Stelle in diesem Wald ist auch nicht sicherer oder gefährlicher."

Er lächelte ihr aufmunternd zu. Marietta lag bis weit nach Mitternacht noch wach. Sie war zu aufgeregt. Was, wenn der Bär zurückkam, womöglich ins das Zelt eindringen wollte. Irgendwann fielen ihr doch die Augen zu.

Am nächsten Tag weckte sie ihr Vater etwas unsanft: "Hey, Schlafmütze. Es ist schon fast Mittag."

Sie kroch aus dem Zelt und fragte immer noch verschlafen: "Wie spät ist es denn?"

"Kurz vor zwölf. Essen ist gleich fertig. Und unser tierischer Freund hat sich auch wieder eingefunden.", lächelte er sie an und machte eine Kopfbewegung Richtung Fluss.

Jetzt war Marietta hellwach und schaute zum Wasser. Der Bär war gerade damit beschäftigt sich einen Fisch zu fangen. Wieder schaute er einige Zeit zu Marietta und ihrem Vater und zog von dannen. Dasselbe Spiel ereignete sich am Abend und am nächsten Morgen. Der Bär hatte anscheinend nichts gegen seine "menschlichen Nachbarn".

Nach dem Frühstück zog sich der Himmel zu. Es wurde immer dunkler. "Da braut sich was zusammen.", meinte ihr Vater während er schnell alles Mögliche in die Rucksäcke stopfte. Und so war es auch. Es wurde immer stürmischer. Regen kam auch noch dazu. Eine heftige Windböe erfasste das Zelt und riss es aus der Verankerung. Es wurde samt Schlafsäcken weggeweht.

"Nein!", schrie Marietta.

Ihr Vater fluchte nur: "Verdammt!"

Panisch schaute sie ihren Vater an. "Was machen wir jetzt?"

Er antwortete: "Wir müssen zum Auto zurück. Schnell Mari. Das wird noch schlimmer."

Sie liefen zum Auto zurück, zumindest versuchten sie es. Beide hatten es fast geschafft als plötzlich ihr Vater stoppte, der voran gegangen war. Marietta prallte gegen ihn und fragte keuchend: "Warum bleibst du stehen?"

"Keine hektischen Bewegungen, Mari. Und bleib ganz ruhig.", antwortete ihr Vater leise.

"Was? Wieso?...Ooh!"

Ihr Vater brauchte nicht mehr erklären warum. Sie sah den braunen Bären nur allzu deutlich wenige Meter vor ihnen stehen. Es war der Bär vom Fluss. Deutlich zu erkennen an dem halben linken Ohr. Marietta hielt den Atem an. Und er schaute die beiden an.

"Was machen wir denn jetzt?", flüsterte Marietta.

Ihr Vater antwortete: "Wir gehen langsam nach rechts an ihm vorbei. Unser Auto steht dort hinten. Siehst du?"

Ja, Marietta sah es. Sie waren völlig durchnässt. Überall um sie herum fielen größere Äste von den Bäumen.

"Du kennst uns doch mein Freund.", sprach ihr Vater den Bären an. "Wir wollen nur zu unserem Auto und dann hast du den Wald wieder für dich." Während er mit dem Bären sprach gingen beide langsam rechts an ihm vorbei. Der Bär schaute sie weiterhin an.

"Gleich geschafft, Mari.", versuchte ihr Vater sie aufzumuntern.

In dem Moment lief der Bär in ihre Richtung und brüllte ohrenbetäubend laut. Ihr Vater erschrak so heftig, dass er stolperte und auf den Rücken fiel. Marietta ließ sich auf die Knie fallen und schrie ihre Angst heraus. Sie hielt sich die Ohren zu und schloss die Augen. Sie wollte nicht sehen wie ihr Vater von dem Bären zerfleischt wurde. Kurze Zeit später bemerkte sie eine Hand auf ihrer Schulter.

"Mari. Es ist alles o.k.", hörte sie ihren Vater sprechen.

Sie öffnete ihre Augen und sah sein lächelndes Gesicht. Sie fiel ihn um den Hals und schluchzte. Er streichelte ihr über die Haare und sagte: "Ist gut, meine Kleine, ist gut. Komm jetzt. Fahren wir."

Marietta schaute hektisch in alle Richtungen. "Wo ist er?", fragte sie.

"Er hat mir in die Augen gesehen und ist gegangen. Keine Ahnung was ich davon halten soll.", antwortete ihr Vater.

Nach nur kurzer Zeit mussten sie ihren Wagen stoppen. Ein paar Autos standen auf der Straße und die Fahrer unterhielten sich angeregt. Sie stiegen aus und steuerten die kleine Gruppe an. Mariettas Vater fragte einen Mann, was denn los sei.

Der antwortete aufgeregt: "Na, sehen Sie das denn nicht?! Vor ein paar Minuten ist der ganze Berghang runtergekommen. Ich stehe ganz vorn. Mich hätte es fast erwischt."

Marietta und ihr Vater schauten nach vorn und sahen eine gigantische Schlammlawine auf der Straße und darüber hinaus. Sie sahen sich an und Marietta fing heftig an zu zittern. Ihr Vater nahm sie in die Arme und drückte sie fest an sich. Beide hatten begriffen, dass die Schlammlawine sie unter sich begraben hätte wenn der Vorfall mit dem Bären nicht gewesen wäre.

Nebel

"Erik! Komm endlich.", rief seine Mutter.

"Ja. Einen Moment noch.", tönte es aus dem Badezimmer zurück.

"Es ist schon kurz nach neun.", ermahnte ihn seine Mutter.

"Wenn man muss, dann muss man.", erklärte Erik als er aus dem Badezimmer trat. Auf diese Bemerkung lachte sein Vater laut auf, während seine Mutter lächelnd den Kopf schüttelte.

"Sei vorsichtig mit dem Messer.", belehrte ihn sein Vater.

"Pap`s, ich bin doch nicht zum ersten Mal mit in den Pilzen."

"Und nur die Pilze sammeln die du kennst.", setzte seine Mutter noch einen drauf, wie Erik fand. Er schaute seine Eltern an und zog seine Augenbrauen hoch, während er sich die Kopfhörer in die Ohren steckte.

Sein Vater hob beide Hände: "Schon gut. Mit deinen elf Jahren bist du ja schon fast ein gestandener Mann. Wann wolltest du nochmal ausziehen? Nächste Woche?"

Es wurde ausgemacht, dass sich jeder nach zwei Stunden wieder am Auto einfinden sollte.

Erik war mit seiner bisherigen Ausbeute zufrieden. Eine Menge Steinpilze, Birkenpilze, Braun- und Rotkappen hatte er gefunden.

Außerdem ein paar Brätlinge, Butterpilze, Boviste und sogar eine kleine Krause Glucke hatten sein Korb fast voll werden lassen. Er warf einen Blick auf sein Handy wie spät es inzwischen war. Erst kurz nach zehn. Eine halbe Stunde konnte er noch auf "Pilz-Jagd" gehen. Und schon entdeckte er einen schönen großen Birkenpilz in der Nähe, ein bisschen entfernt die nächsten Steinpilze. Er bemerkte nicht wie einige Nebelschwaden langsam durch die Bäume zogen. Als sein Handy klingelte zuckte Erik zusammen. Seine Mutter rief an. Als er auf die Uhrzeit sah wusste er warum. Es war schon kurz vor halb zwölf. Er nahm den Anruf entgegen.

"Erik, ... du? Wir w...ten ... dich.", hörte er stockend.

"Ich komme."

"Erik?"

"Hallo?" Er schaute auf sein Handy. Die Verbindung war noch aktiv aber unglaublich schlecht.

"Mom? Hörst du mich?"

Die Verbindung war unterbrochen. Er versuchte zurückzurufen, kam auch durch aber der Empfang war zu schlecht. Er hörte nur einige Worte und dann nichts mehr. Erik schickte eine SMS, dass er auf dem Weg zurück sei.

Nach einer Weile bemerkte Erik, dass er nicht den Weg zum Auto zurücklief. Die eingeprägten Anhaltspunkte entdeckte er nicht mehr. Der bodenbedeckende Nebel war sicherlich ein Grund dafür. `Vielleicht geht es mit dem Navi.`, dachte Erik. Als er auf sein Handy schaute war seine Enttäuschung groß. Hier gab es überhaupt keinen Empfang mehr.

Er rief so laut er konnte in jede Richtung: "Mom! Pap`s! Hört ihr mich?" Erik lauschte. Nichts. Sollte er wirklich so weit gegangen sein? Jetzt machte sich etwas Panik in ihm breit. Er rief noch einmal in alle Richtungen nach seinen Eltern bis sein Hals schmerzte. Er wischte sich mit dem Ärmel die aufsteigenden Tränen aus den Augen. In der Ferne sah er etwas Helles. Sein Vater musste die Scheinwerfer vom Auto angeschaltet haben. Erik rief nach ihm. Aber wieso antwortete er nicht? Als er näher kam sah er, dass das Licht flackerte. `Das sind keine Scheinwerfer.`, dachte Erik. `Feuer! Da hat jemand ein Lagerfeuer gemacht.`, kam es ihm in den Sinn. `Vielleicht kann derjenige mir helfen.`, hoffte Erik.

Es war tatsächlich ein Feuer. Ein alter Mann saß daneben auf einen umgestürzten Baum.

"Hallo!", grüßte Erik ihn.

Der Mann sah ihn an und lächelte. "Na, mein Junge. Haben wir uns verlaufen?"

Eriks Augen füllten sich wieder mit Tränen. "Das ist mir noch nie passiert. Obwohl ich mit meinen Eltern schon so oft hier war. Durch den Nebel habe ich die Merkmale, die ich mir eingeprägt hatte, nicht mehr entdeckt. Und mein Handy hat hier auch keinen Empfang." Er zog geräuschvoll die Nase hoch.

"Ganz ruhig mein Junge. Setz` dich erstmal und atme tief durch. Das wird schon wieder.", beruhigte ihn der alte Mann.

Erik stellte seinen vollen Pilz-Korb ab und setzte sich.

"Na, du warst aber erfolgreich.", sagte der Mann mit einem Nicken in Richtung der Pilze.

Erik lächelte. Er fragte den alten Mann was er denn hier so allein im Wald machte.

"Ich warte auf meinen Enkel. Der sammelt auch sehr gerne Pilze.", antwortete er.

"Ganz alleine?", fragte Erik.

"Eigentlich gehen wir immer zusammen. Aber diesmal haben wir uns aus den Augen verloren." Er sah Erik an. "Das kommt dir bekannt vor, was?" Erik nickte.

"Darum habe ich das Feuer gemacht und an den Bäumen diese kleinen roten Bänder gebunden. Sie führen raus aus dem Wald. Ich habe auch ab und zu die Orientierung verloren. Deswegen habe ich mir das mit den Bändern angewöhnt. Die nehme ich wieder ab, wenn wir zurückgehen."

"Wie lange warten Sie denn schon?", wollte Erik wissen.

"Oh. Eine ganze Weile, wenn ich es recht bedenke."

"Wirklich? Vielleicht ist Ihr Enkel ja schon raus aus dem Wald und wartet zu Hause.", gab Erik zu bedenken.

"Möglicherweise. Aber wenn dem nicht so ist, dann wäre niemand da um das Feuer in Gang zuhalten."

"Haben Sie schon nach ihm gerufen?"

"Unzählige Male. Ich kann nur hoffen, dass er das Feuer sieht."

"Aber wenn er doch schon zu Hause ist?!", erwiderte Erik.

"Dann gibt man mir doch hoffentlich Bescheid. Die Bänder weisen ja den Weg zu mir.", ließ der Mann sich nicht abbringen.

Nach einer Weile fragte Erik, ob er die Bänder nutzen dürfe um aus dem Wald zu gelangen. Vielleicht hatte er dann wieder Empfang und könnte seine Eltern kontaktieren.

"Aber sicher doch.", antwortete der alte Mann.

Erik nahm seinen Pilz-Korb und drehte sich nochmal um. "Vielen Dank, Herr ...?"

"Limpinski."

"Danke Herr Limpinski."

"Gern geschehen. Ähm? ", sagte dieser und hob fragend die Augenbrauen.

"Erik."

"Halte dich an die Bänder, Erik."

Der nickte und lief los.

Erik konnte den rotleuchtenden Bändern ohne Probleme folgen, da sie oberhalb der Nebelschwaden in Augenhöhe befestigt waren. Kurze Zeit später stand er auf einer asphaltierten Straße. Er atmete erleichtert auf und schaute auf sein Handy. Immer noch kein toller Empfang, aber besser als nichts. Mehrere Anrufe in Abwesenheit von seinen Eltern. Und es war mittlerweile schon Mittag. Er rief sofort seine Mutter an.

"Erik! Wo bist du verdammt nochmal?", schrie sie durch das Telefon.

"Ich hatte mich verlaufen und der Empfang war weg.", antwortete er kleinlaut.

Er hörte sie am anderen Ende tief durchatmen.

"In Ordnung. Wo bist du jetzt?", fragte sie etwas ruhiger.

"Ich sehe einen Ort in der Nähe. Aber das Schild kann ich noch nicht erkennen. Bleib` mal dran. Ich laufe hin." Er nannte den Ort, sobald er ihn lesen konnte.

"Ach du meine Güte. Das ist ja auf der anderen Seite vom Wald.", hörte er seinen Vater sagen. "Erik! Warte dort auf uns. Es dauert ungefähr eine halbe Stunde.", wies ihn sein Vater an.

Nach ein paar Minuten sah er einen Jungen, der aus dem Ort auf ihn zugelaufen kam.
"Hey!", begrüßte er Erik.
"Hey!", grüßte er zurück.
"Wartest du auf wen Bestimmtes?", fragte der Junge.
"Auf meinen Eltern. Wir waren Pilze suchen und ich habe mich verlaufen. Irgendwie bin ich dann hier rausgekommen." ,erklärte Erik. Dabei fiel ihm der alte Mann wieder ein. "Kennst du einen Herrn Limpinski?", fragte er.
"Ja."
"Kannst du seiner Familie Bescheid geben, dass er immer noch auf seinen Enkel im Wald wartet? Vielleicht ist sein Enkel ja schon zu Hause."
Der Junge schaute ihn skeptisch an und sagte schließlich: "Der Limpinski hat keinen Enkel. Nur eine Enkelin."
Erik schaute überrascht. Sollte er sich so verhört haben? Aber der alte Mann hatte doch von einem Enkel gesprochen.
"Ich muss los.", sagte der Junge und rannte in den Ort zurück.

Eine viertel Stunde später hielt Eriks Mutter ihn regelrecht im Klammergriff und wollte ihn gar nicht mehr loslassen. Ein Auto hielt neben ihnen an und zwei Männer stiegen aus. Sie stellte sich als Limpinski Senior und Junior vor. An Erik gewandt sagte der ältere Mann: "Ich war schon ewig nicht mehr im Wald."

"Sie sehen zwar fast so aus wie er, aber Sie habe ich auch gar nicht im Wald gesehen.", antwortete Erik.

Die beiden Männer schauten sich überrascht an.

"Dürfte ich fragen, was Sie genau von meinem Sohn wollen?", schaltete sich Eriks Vater ein.

"Nur eine Frage noch. Wie hast du aus dem Wald herausgefunden?", fragte der jüngere Mann.

"Die roten Bänder. Er sagte, die Bänder führen mich raus."

Der jüngere Limpinski schloss die Augen und ließ die Luft aus seinen Lungen geräuschvoll entweichen.

"Das ist nicht möglich Junge.", sagte der Ältere.

"Jetzt ist aber Schluss. Was ist hier los?", fragte Eriks Vater etwas ungehalten.

Erik wurde wütend. Wollten diese Männer etwa behaupten, er sei ein Lügner. Er stapfte in Richtung Wald.

"Erik! Wo willst du hin?", fragte seinen Mutter besorgt.

"Ich werde euch die Bänder zeigen.", erwiderte er trotzig.

Als sie den ersten Baum erreicht hatten, an dem eines der Bänder hing, erstarrte Erik. An Diesem war die Farbe Rot nur noch zu erahnen.

"Ich schwöre, vorhin war das noch richtig rot.", versuchte er sich zu erklären.

Er lief zu dem nächsten Baum mit einem Bändchen. Es sah genauso aus wie das Erste. Er wollte zu dem nächsten Baum laufen.

"Lass es sein.", sagte der junge Limpinski.

Erik schaute ihn an und hob entschuldigend die Schultern.

"Ich bin der Enkel auf den der alte Mann gewartet hat.", sagte dieser. Erik schaute skeptisch.

Der ältere Limpinski erklärte: "Mein Vater und mein Sohn waren wie so oft Pilze sammeln. Als sie am Abend immer noch nicht zurück waren, wurde eine Suchaktion gestartet. Mein Sohn wurde am nächsten Morgen stark unterkühlt fast auf der anderen Seite des Waldes gefunden. Meinen Vater fanden wir unweit von hier auf einen umgestürzten Baum sitzend. Er starrte in eine heruntergebrannte

Feuerstelle. Er war an Herz-Kreislauf-Versagen gestorben. Das war vor über dreißig Jahren."
"Ich war seitdem nie wieder Pilze sammeln.", fügte der junge Limpinski traurig hinzu.

Ein paar Tage später saß Limpinski Junior auf dem umgefallenen Baum und dachte an seinen Großvater zurück. Als er neben sich auf den Boden sah, entdeckte er eine Rotkappe. Er sammelte sie ein und trat lächelnd den Weg nach Hause an. Die verblichenen Bänder wiesen ihm den Weg.

Raben

Erst war es nur einer. Dann kam ein zweiter hinzu. Als Lukas sich umschaute setzten sich immer mehr dieser großen Vögel auf die Äste der umstehenden Bäume. Sie schauten auf ihn herunter. Er bekam eine Gänsehaut. Einer der Raben erhob sich in die Lüfte. Die anderen folgten ihm. Dann änderten die Vögel die Richtung. Sie stürzten auf Lukas zu. Er fiel auf die Knie, hielt sich schützend die Arme über den Kopf und schrie. Und er schrie auch noch als er schweißgebadet aufwachte. Er schaute sich hektisch um. Keine Raben. Lukas saß in seinem Bett und wischte sich den Schweiß von der Stirn. Was war nur los mit ihm. Seit Wochen träumte er von den Raben. Aber erst in den letzten 5 Nächten stürzten sie sich im Traum auf ihn. Falls das so weiter ging, musste er sich Hilfe suchen. Auch wenn es ihm peinlich wäre einen Psychiater aufzusuchen. Er musste endlich mal wieder durchschlafen können. Denn wie immer nach den Träumen war er nun hellwach.

"Wie siehst du denn aus?", fragte sein Arbeitskollege Andreas.
"Hab` schlecht geschlafen.", antwortete Lukas erschöpft. Er fühlte sich ausgepowert. Dabei fing seine Schicht gerade erst an.

"Schon wieder die Raben?", fragte Andreas.
Lukas nickte.

"Das ist doch nicht normal. Du musst mal zu einem Arzt gehen. Vielleicht kann der..." Weiter kam Andreas nicht. Über die Lautsprecher in der großen Halle kam die Information, dass sich Lukas im Büro einzufinden hatte. Oh man! Was hatte er denn jetzt schon wieder falsch gemacht? Durch den Schlafmangel häuften sich seine Fehler.

"Sie können gleich reingehen. Herr Lotzinger wartet schon.", winkte ihn die Sekretärin gleich durch.

"Guten Morgen, Herr Wyschiak! Setzen Sie sich bitte.", empfing ihn sein Chef.

"Guten Morgen!", erwiderte Lukas kleinlaut.

Sein Vorgesetzter schaute ihn über seine Lesebrille an und hob eine Augenbraue. "Sie sehen aus als hätten Sie die ganze Nacht durchgefeiert. Vielleicht ist das ein Grund warum Sie gestern wieder einen Fehler beim Aufladen gemacht haben?! Firma Liesche hat sich nämlich bei mir beschwert, dass ihnen zwei Palletten fehlen. Das ist doch ihre Unterschrift?"

Er legte Lukas ein Protokoll vor. Der schaute auf seine Unterschrift darunter und nickte nur.

"Was ist los mit Ihnen?", fragte sein Chef überhaupt nicht streng. Er war anscheinend wirklich interessiert. Also erzählte Lukas von seinen Träumen, beziehungsweise den immer wiederkehrenden Traum.

Lukas las das Schild. Dr. Henry Zerrfeld. Darunter stand seine Berufsbezeichnung, die ihn als Psychiater und Traumdeuter auswies. Sein Chef hatte ihm diesen Mann empfohlen und auch gleich einen Termin mit ihm vereinbart. Weil er mit dem Arzt befreundet war, saß Lukas nur zwei Tage später Dr. Zerrfeld gegenüber. Er machte sich Notizen während Lukas erzählte. Der Doktor stellte ihm viele Fragen, die seine Vergangenheit betrafen. Ein weiterer Termin wurde vereinbart. Das war kein Problem, denn er hatte von seinem Chef zwei Wochen Urlaub verordnet bekommen.

Drei Tage später lag Lukas tatsächlich auf einer Couch und lauschte dem angenehmen Klang von Dr. Zerrfeld. Er driftete in einen tranceähnlichen Zustand ab.
Er hörte den Doktor fragen: "Wie ist dein Name?"
"Konrad."
"Wo wurdest du geboren?"

"In einem kleinen Dorf namens Lehnsdorf."

"Lebst du dort noch?"

"Nein. Ich muss für meinen Lebensunterhalt selbst sorgen."

"Wie alt bist du?"

"Siebzehn."

"Warum hilfst du deinen Eltern nicht zu Hause?"

"Sie sind letzten Winter an einer ansteckenden Krankheit gestorben. Alles musste verbrannt werden."

" Welches Jahr haben wir, Konrad?"

"1837."

"Übst du einen Beruf aus?"

"Ich arbeite als Stalljunge auf Burg Rabenstein."

Dr. Zerrfeld hob eine Augenbraue. Hier war eventuell die Assoziation zu den Raben. Er hörte Lukas alias Konrad stöhnen.

"Geht es dir gut, Konrad?"

"Ich habe Schmerzen."

"Wieso?"

"Der Stallmeister hat mich wieder geschlagen und getreten."

"Warum hat er das getan?"

"Er sagt, ich habe die Arbeit nicht zur Zufriedenheit erledigt."

"Stimmt das?"

"Nein. Er mag mich nicht." Wieder stöhnte Lukas, der momentan Konrad war, auf.

"Du sagtest wieder. Tut er dir öfters weh?"

"Ja. Aber gestern hat er mich sehr hart getreten."

"Wohin hat er getreten?"

"In den Bauch, auf den Rücken und in die Rippen."

"Auch in dein Gesicht?"

"Nein. Er schlägt und tritt mich nur dahin wo es die anderen nicht sehen."

"Warum gehst du nicht zu deinen Herrschaften und erbittest Hilfe?"

"Er hat gesagt, er würde alles abstreiten. Dass ich gefallen wäre."

"Warum sollten sie ihm mehr glauben als dir?"

"Weil er schon sehr viele Jahre bei ihnen im Dienst steht und ich erst seit wenigen Monaten." Lukas hustete heftig.

"Konrad?", fragte Dr. Zerrfeld besorgt. "Konrad, hast du diesen Husten schon länger?"

"Nein. Erst seit heute morgen. Es ist Blut dabei."

"Warum gehst du nicht zu einem Arzt?"

"Der Stallmeister hat mich in den Keller gesperrt. Er hat gesagt, wenn ich krepiere dann würde ich endlich mein loses Mundwerk halten."

"Kommt den niemand in den Keller um etwas zu holen oder zu bringen?"

"In diesem Teil des Kellers nur sehr selten."

"Kannst du dich nicht selber befreien?"

"Ich bin so müde."

Das war keine Antwort auf die Frage.

"Konrad?"

Schweigen.

"Konrad?"

"Ich fühle mich so leicht.", bekam Dr. Zerrfeld als Antwort.

"Warum fühlst du dich leicht?"

"Ich weiß nicht."

"Bist du noch im Keller?"

"Ja. Ich kann mich selbst sehen. Der Stallmeister ist bei mir."

"Um dir zu helfen?"

"Er zieht mir etwas über. Einen Sack."

"Was macht er nun?"

"Er hebt mich über seine Schulter und geht nach draußen."

"Fällt denn niemand der große Sack auf?"

"Es ist ganz ruhig. Es muss nach Mitternacht sein."

"Wo geht er hin?"

"Zu der alten Eiche. Dort habe ich mich immer mit Anneliese getroffen."

"Wer ist Anneliese?"

"Eines der Küchenmädchen. Wir mögen uns sehr."

"Kannst du etwas erkennen?"

"Ja. Der Vollmond beleuchtet unsere Namen, die ich in den Baumstamm geritzt habe." Ein Lächeln lag in Lukas` Gesicht. Aber sofort verschwand es und er atmete heftig.

"Konrad, was ist los?"

"Er gräbt ein Loch."

"Warum tut er das?", fragte Dr. Zerrfeld, obwohl er es sich schon denken konnte.

"Er wirft den Sack hinein. Mich! Er vergräbt mich! Aber er kann mich doch nicht ohne Priester und auf nicht geweihtem Boden verscharren wie einen Verbrecher."

"Was passiert jetzt?"

"Er schaut zu dem Baum herauf."

"Warum?"

"Er wird beobachtet. Von Raben. Von vielen Raben. Er versucht sie mit Steinen zu verscheuchen, aber sie kehren immer wieder."

Nach einer Weile sprach Dr. Zerrfeld: "Konrad du musst jetzt gehen. Alles wird gut werden. Ich zähle von zehn rückwärts und bei eins wird Lukas wieder bei mir sein. Zehn, neun, acht... "

Als Lukas "eins." hörte, öffnete er die Augen und zwinkerte ein paar mal. Er erfuhr von Dr. Zerrfeld den Gesprächsinhalt, während er ab und zu auf seine Notizen schaute. Lukas schüttelte nur den Kopf. Er konnte sich an nichts davon erinnern.

Ein paar Tage später suchten Lukas und Dr. Zerrfeld an der Eiche nach den eingeritzten Namen. Andreas und sein Chef waren auch dabei. Zwei Leute eines Bestattungsunternehmens und Herr Brandtner, der in einem Museum arbeitete, hatten sich auch eingefunden.

"Hier!", rief Lukas.

Ganz blass waren die Namen Anneliese und Konrad zu erkennen. Die Bestatter brauchten nicht tief graben. Stofffetzen und Knochen kamen zum Vorschein. Herr Brandtner vom Museum zeigte ihnen später ein sehr altes Buch. In diesem standen die Namen der Mitarbeiter, Daten, Berufsbezeichnungen und deren Verdienst auf Burg Rabenstein. Manchmal standen auch kurze Notizen dabei. Er zeigte auf ein bestimmtes Datum.

2.September 1837 - Stalljunge Konrad verschwunden. Aus Dienst entlassen

"2.September?! Das war an dem Tag als ich bei Dr. Zerrfeld auf der Couch lag.", kommentierte Lukas. "Warum wurde nicht nach Konrad gesucht?", fragte er.

"Das war damals nicht unüblich, dass die Menschen weiterwanderten, wenn sie gehofft hatten woanders eine bessere Arbeit zu finden. Da Konrad recht jung war nahm man sicherlich an, dass er weggegangen ist.", erklärte Herr Brandtner.

Lukas wandte sich an Dr. Zerrfeld.

"Warum ich?", fragte er.

"Mmh! Das kann ich auch nicht so genau beantworten. Verwandt sind sie beide nicht miteinander. Das wurde ja bereits geklärt. Manchmal gibt es einfach keine Erklärungen für solche Phänomene. So seltsam es auch klingt, vielleicht hat seine Seele nach über 180 Jahren endlich einen Zuhörer gefunden um zur Ruhe zu kommen. Sie!"

Lukas zog ungläubig die Augenbrauen nach oben und schaute Herr Brandtner an. Der zuckte mit den Schultern. "Es gibt eben auf dieser Welt auch Unerklärliches."

Konrads sterbliche Überreste fanden auf einen kirchlichen Friedhof ihre letzte Ruhestätte. Ab diesem Zeitpunkt hatte Lukas wieder einen erholsamen Schlaf, ohne Raben.

Bücherwurm

Simon Fuchs war das was man einen Bücherwurm nannte. Er trug eine Brille, fiel niemanden auf der Straße oder in einem Lokal auf und hatte so gut wie keine Freunde. Nur mit Elli, der Bibliothekarin und seinem Nachbarn Holger pflegte er engeren Kontakt. Das lag sicherlich daran, dass die Drei eine große Leidenschaft teilten. Das Lesen. Holger las sämtliche Tageszeitungen. Elli mochte Romane der romantischen und abenteuerlichen Art. Und Simon bevorzugte Bücher in denen es um Spionage, gerissene Gangster oder Science-Fiction ging. Sie trafen sich regelmäßig um über die gelesenen Bücher oder Zeitschriften zu reden. Dieses Mal waren sie in Holgers Wohnung und diskutierten gerade über einen Vortrag den Simon in einer Universität halten sollte. Er wurde von einem Lehrer darum gebeten, der immer mal wieder in dem kleinen Buchladen von Simon kaufte. Er hatte mehrmals abgelehnt, weil er sich unbehaglich fühlte vor Schülern zu sprechen. Der Lehrer hatte ihm Mut gemacht, dass er in seinem Buchladen mit solcher Leidenschaft erklärte und erzählte. Also hatte er zugestimmt. Das Thema waren Bücher in der heutigen Zeit. Letzten Endes kam ein ganz ordentlicher Vortrag zu Stande.

Simon atmete heftig und schwitzte während des Vortrages. Er versprach sich häufig. Einige Schüler machten sich lustig über ihn. Er war froh als er es hinter sich hatte und entschuldigte sich bei dem Lehrer. In seinem Laden konnte er seiner Leidenschaft eben besser Ausdruck verleihen. Als er den Flur entlangeilte sah er die Schüler wieder, die sich über ihn lustig gemacht hatten. Einer versperrte ihm den Weg.

"Lass mich durch.", forderte Simon.

"Habt ihr gehört? Simon sagt: Lass mich durch.", äffte der Jugendliche. Die anderen lachten. Das war der typische, arrogante Junge den es auf jeder Schule gab. Die Eltern ließen ihm fast alles durchgehen und die "Freunde" bemühten sich ihn bei Laune zu halten. Diese Typen dachten, mit viel Geld auf dem Konto könnten sie sich alles erlauben.

"Für dich immer noch Herr Fuchs.", erklärte Simon etwas zittrig.

"Uh!", gaben die Jugendlichen im Chor zurück und lachten.

"Seht euch vor Jungs. Jetzt wird`s gefährlich.", sagte der Junge gespielt ängstlich.

Er wollte gerade ansetzen etwas zu sagen, als ein Lehrer den Flur entlanglief. Simon nutzte die Chance um an den Jugendlichen vorbeizukommen und die Treppe hinunter zu eilen.

"Fuchs, du hast diesmal nicht die Gans gestohlen, sondern die falsche Brille mit der man nicht richtig lesen kann.", rief der Junge noch die Treppe runter und erntete damit wieder die Lacher der Anderen.

Im Laden machte Simon sich erstmal einen Tee zur Beruhigung. Er streifte durch die Regale und blieb vor einem Spionage-Roman stehen. Warum konnte er nicht so sein wie die Männer in diesen Büchern? Taff, clever, sportlich und mutig. Er dagegen ließ sich von ein paar Halbstarken die Butter vom Brot nehmen. Er seufzte und nahm den Roman mit nach Hause. Er fing an zu lesen. Und obwohl der Roman unglaublich spannend war forderte der anstrengende Tag seinen Tribut. Er schlief ein.

Am nächsten Morgen fühlte sich Simon wie gerädert. Er hatte geträumt wie er mit einem wichtigen Dokument durch verschiedene Städte geflohen war. Es kam ihm so vor als wäre er es gewesen, der über Häuserschluchten gesprungen ist. Als ob er es war, der durch die Kanalisation gelaufen ist. Er konnte regelrecht die Abwässer riechen. Simon schüttelte sich angeekelt. Er musste duschen. Sich den Traum abwaschen. Beim Zähne putzen musste er über sich selber lachen. `Vielleicht sollte ich es mal mit einem Liebesroman versuchen.`, dachte er. Aber diesen Gedanken verwarf er gleich wieder.

Den nächsten verwirrenden Traum hatte Simon zwei Wochen später. Er hielt eine Pistole direkt vor das Gesicht eines verängstigten, jungen Mannes. Er kam ihm irgendwie bekannt vor. Der gab ihm seine Brieftasche und seine Autoschlüssel. Er schaute nach unten und sah, dass sich der Junge nass gemacht hatte. Er erzählte Holger und Elli bei ihrem nächsten Treffen davon.

"Du hast zu viele deiner Kriminal-Romane gelesen. Und dein Verstand verarbeitet das eben in deinen Träumen.", schlussfolgerte Elli.

"Wäre möglich.", lenkte Simon ein.

Holger runzelte die Stirn.

"Überlegst du gerade oder musst du mal?", scherzte Elli.

"Ich überlege. Die Geschichte kommt mir bekannt vor.", antwortete er und ging zu einem Stapel Zeitungen. Er blätterte in Einigen und kam mit Einer wieder zurück.

"Ich wusste es.", rief er, legte die offene Zeitung auf den Tisch und zeigte auf einen bestimmten

Artikel. Daneben war ein Foto von einem jungen Mann im Anzug abgebildet.

"Also wenn das kein Zufall ist.", sinnierte Elli.

Simon wurde unruhig.

"Geht`s dir gut?", fragte Elli.

"Das ist der Jugendliche aus der Uni.", antwortete er. "Der mich schikaniert hat."

Elli lächelte. "Na, da hat es doch mal den Richtigen getroffen."

"Elli!", wies Holger sie zurecht.

"Ich meine es ernst. Lest doch mal. Welcher normale Teenager hat schon ein paar hundert Euro dabei und kann sich so einen teuren Luxuswagen leisten?" Sie winkte ab. "Papi hat ihm bestimmt schon ein neues Auto spendiert."

"Trotzdem wünscht man Niemanden in solch eine gefährliche Situation zu kommen.", sagte Holger.

Simon las immer wieder den Artikel, der besagte, dass der Sohn eines Großindustriellen in der Nähe seiner Universität überfallen und ausgeraubt wurde. Vom Täter fehle jede Spur.

Simon wusste nicht was er davon halten sollte.

In den nächsten Wochen träumte Simon immer wieder von verschiedenen Raubüberfällen und Spionageaufträgen in denen er die Hauptrolle zu spielen schien. Vielleicht sollte er eine Weile aufhören solche Romane zu lesen. Es klingelte an seiner Tür. Als er öffnete, stürmte Holger herein und legte ein paar Zeitungen auf den Esstisch.

"Das musst du dir ansehen.", sagte dieser ganz aufgeregt.

Simon wurde bleich. Alles was er in den letzten Wochen geträumt hatte war in den Zeitungen in ähnlicher Weise beschrieben und passiert. Holger sah ihn an. "Du schlafwandelst nicht zufällig?"

Simon erschrak. "Nein. Denke ich. Hoffe ich."

"Vielleicht solltest du mal mit der Polizei sprechen. Die suchen diesen Typen nämlich vergeblich. Und du scheinst ja einen besonderen Draht zu ihm zu haben.", schlug Holger vor.

Bernd Heinrich sah Simon an als hätte der gesagt er komme vom Mars. Aber andererseits konnte der Kommissar die Aussagen nicht ignorieren. Mit erstaunlicher Detailgenauigkeit hatte Simon die Tathergänge geschildert. Sogar Sachen die der Presse verschwiegen worden waren. Kommissar Heinrich schlussfolgerte, dass der Täter womöglich vor ihm saß. Simon bemerkte, dass die Fragen des Kommissars dahin zielten ihn als Täter zu überführen.

"Ich bin hierher gekommen um ihnen zu helfen. Und jetzt soll ich es gewesen sein?!", empörte sich Simon.

"Finden Sie es nicht auch recht erstaunlich wie viel sie wissen? Außerdem haben wir an allen Tatorten Ihre Visitenkarte entdeckt.", erklärte der Kommissar immer lauter werdend.

Simon runzelte die Stirn. "Meine Visitenkarte? Aus dem Laden?"

"Diese Visitenkarte meinten wir nicht. Sondern eine ganz spezielle.", meldete sich der andere Kommissar zu Wort.

Er öffnete einen Ordner mit Fotos. Simon erkannte diese besagte "Visitenkarte" auf allen Bildern. Ein roter stilisierter Fuchs war, mittels einer Schablone, in der Nähe jedes Tatortes an die Wände gesprüht worden.

Da man ihm nichts nachweisen konnte saß Simon auf seiner Couch und grübelte über die ganze Sache nach. Wenn Holger recht hatte und er einen speziellen Draht zu dem Täter über seine Träume zu ihm aufbaute, konnte er vielleicht etwas unternehmen. Er nahm ein bestimmtes Buch, welches er in seinem Laden führte und begann zu lesen.

Einige Tage später saß er wieder den Kommissaren gegenüber. Sie hatten ihn gebeten zu kommen.

"Wir haben ihn.", sagte Bernd Heinrich.

Simon nickte nur. Kommissar Grune hatte wie immer einen Ordner dabei, den er auf den Tisch legte und öffnete. Simon beugte sich nach vorn und traute seinen Augen kaum. Das Foto hätte auch ein Spiegel sein können. Abgesehen von der fehlenden Brille und den rotgefärbten Haaren ähnelte dieser Mann auf dem Bild ihm ungemein.

"Haben Sie vielleicht einen Zwilling von dem Sie nichts wissen?", fragte Kommissar Heinrich.

Simon schüttelte den Kopf. "Nicht, dass ich wüsste."

Es wurde bestätigt, dass Klaas Brunner alias "Der Fuchs" und Simon nicht miteinander verwandt waren. Anscheinend waren sie wie Yin und Yan. Es heißt ja jeder hat irgendwo auf der Welt einen Doppelgänger. Den Namen: "Der Fuchs" hatte er sich gegeben, weil er die Tiere mochte. Schlaue Räuber. Klaas Brunner erzählte von Träumen die er kurz vor seinen Verbrechen hatte und sie als Eingebung betrachtete. So wie der Überfall auf den Jungen, der normalerweise nicht in sein Beuteschema passte. Bei den anderen

Verbrechen, Kunstraub und Industriespionage, hatte er von seinen "Auftraggebern" viel Geld bekommen. Auch auf die Aussicht auf Hafterleichterung, gab er sie nicht preis. Simon hatte von den Kommissaren erfahren wie sie den "Fuchs" verhaften konnten. Aber das hätten sie gar nicht gebraucht. Er wusste es schon längst. Neben ihm auf den Tisch lag das Buch aus seinem Laden. Ein Buch, welches über einen tollpatschigen Einbrecher handelte bei dem alles schief lief, was schieflaufen konnte.

Haus am See

Carola presste ihren Koffer zusammen. Eigentlich sollte es nur ein Drei-Tage-Ausflug an den See werden. Ihre Handtasche war ebenfalls voll und schwer.

"Stephan! Komm` mal bitte.", rief sie laut nach ihrem Freund.

Er steckte den Kopf zur Tür hinein. "Was gibt`s?"

"Hilf mir mal mit dem verdammten Koffer. Der ist zu klein.", erklärte sie stöhnend.

"Der ist nicht zu klein. Du hast nur wieder deinen halben Kleiderschrank da drin. Es sind nur drei Tage.", entgegnete er kopfschüttelnd.

"Ich möchte nur für alle Eventualitäten vorbereitet sein.", gab Carola trotzig zurück.

Stephan lächelte sie an und verschloss den Koffer. Er wusste, Diskussion überflüssig. Männer hatten bei diesem Thema selten eine Chance. Es klingelte. Stephan ging zur Tür um zu öffnen, während Carola nochmal alles im Kopf durchging ob sie nicht etwas vergessen hatte.

"Hi Kumpel!", hörte sie Alexander rufen.

Die Tür wurde aufgestoßen und Josephine kam hereingestürmt.

"Caro!", rief sie und fiel ihrer Freundin um den Hals.

"Hey Josie!"

Die beiden lösten sich von einander und strahlten um die Wette.

"Endlich hat es mal geklappt, dass wir alle an einem Wochenende können. Wo sind Anna und Leander?", fragte Carola.

"Warten im Auto. Ist das dein ganzes Gepäck?", Josephine schaute überrascht auf den kleinen Koffer.

Carola warf Stephan einen Blick zu, der sagte: `Siehst du. So schlimm bin ich gar nicht.` Die Männer rollten nur mit Augen. Im Auto begrüßten sie noch Anna und Leander, das dritte Pärchen im Bunde mit deren Kleinbus sie fuhren.

Drei Stunden brauchten sie bis zu ihrem Ziel. Einem Haus, welches sich in der Nähe eines Sees befand. Und drum herum nur Wald. Als sie ankamen atmeten sie erstmal durch.

"Wow!", sagte Alexander.

Das Haus hatte vier separate Zimmer auf zwei Etagen und war somit für acht Personen ausgelegt. Das große Holzhaus sah gemütlich aus und das war es auch. Carola und Stephan blieben unten, während sich ihre Freunde in der ersten Etage einrichteten. Es gab oben einen durchgehenden Balkon, der einen fantastischen Ausblick auf den See bot. Carola und Stephan waren deswegen aber nicht neidisch. Ein großes Panoramafenster ging über die komplette Front der unteren Etage. Es führte auf eine Terrasse und der Blick war nicht minderschön, da das Haus etwas erhöht lag. Stephan schmiegte sich von hinten an Carola, die mit staunenden Blick nach draußen sah.

"Na, zu viel versprochen?", fragte er.

"Das ist so schön.", schwärmte Carola.

Stephan hatte den Tipp von einem Kollegen bekommen. Endlich hatten sie es einrichten können, dass sie und ihre Freunde gemeinsam Urlaub machen konnten. Und sei es nur für drei Tage.

"Schaut mal was ich hier habe.", rief Josephine und hielt einem Karton hoch.

"Oh man! Du willst das wirklich durchziehen.", sagte Alexander und schreckte zurück als er den bösen Blick seiner Freundin sah.

"Was ist das?", fragte Carola.

"Hier ist alles drin was man für eine Sèance braucht.", erklärte Josephine lächelnd.

Alle schauten sie skeptisch an.

"Ach kommt schon.", Josephine setzte ihren Bitte-Bitte-Blick auf.

Anna schaute zu Carola und hob die Schultern.

"Machen wir den Spaß mit?"

Carola war nicht begeistert aber sie wollte auch keine Spielverderberin sein. Leander fand es überaus lustig ab und zu ans Tischbein zu stoßen, um die Frauen zu erschrecken. Nach einer Weile lies er es aber bleiben, da er sich schon einige Boxschläge seiner Freundin eingefangen hatte. Sie saßen wieder konzentriert am Tisch und lauschten der Stimme von Josephine: "Ist hier ein Geist der sich mitteilen möchte?"

Absolute Stille.

"Wenn hier eine verlorene Seele ist, gib uns bitte ein Zeichen."

Carola spürte einen Lufthauch an ihrem Nacken. Sie erschrak und drehte sich um. Die Terrassentür war offen. Sie atmete erleichtert auf. Trotzdem wollte sie das Schicksal nicht herausfordern. Sie beherzigte den Rat ihrer Großmutter, die immer gesagt hatte, dass es Dinge außerhalb der Norm gab. Sie sprang fast schon vom Stuhl hoch und versuchte ihrer Stimme einen belanglosen Ton zu geben: "So, genug herum gesponnen für heute. Müde bin ich auch." Stephan schaute sie überrascht an, denn so spät war es noch gar nicht. Sie bekam Unterstützung von Anna. "Ja. Ich habe auch keine Lust mehr. Und meinen Koffer muss ich auch noch fertig auspacken."

Josephine schaute etwas enttäuscht drein.

"Genau. Schluss für heute. Es hat ja sowieso nicht funktioniert.", tröstete sie Alexander.

"Und morgen dürfen die Männer aussuchen was wir unternehmen.", rief Leander.

Sie wünschten sich eine gute Nacht und gingen alle in ihre Zimmer. Nur Leander wollte noch etwas fernsehen.

"Dass ich so einen Blödsinn mal mitmachen würde hätte ich nicht gedacht.", lachte Stephan in ihrem Zimmer.

Carola lächelte zurück, aber sie hatte immer noch eine Gänsehaut.

Carola schreckte hoch. Hatte sie was gehört? Sie lauschte. Nur die üblichen Geräusche der Nacht. Sie stand trotzdem auf um sich in der Küche etwas zu trinken zu holen. Sie hatte vergessen sich etwas mit ins Zimmer zu nehmen. Carola wunderte sich über die Helligkeit. Auf der Terrasse brannte noch das Licht. Warum hatte das denn keiner ausgemacht? Sie holte eine Wasserflasche aus der Küche, ging zur Terrassentür und schaltete das Licht aus. Ein Luftzug streifte ihren Nacken. Sie wollte die Terrassentür schließen. Allerdings war die geschlossen. Sie schaute Richtung Küche. Die Fenster dort waren zu. `Diese blöde Sèance.`, dachte Carola. Ihre Nerven spielten ihr anscheinend einen Streich.

Jetzt hörte sie Gelächter. Das kam von draußen. Sie schaute aus dem großen Panoramafenster und kniff die Augen zusammen. War das ein Boot auf dem See? Sie blickte zur Uhr. Kurz vor eins. Carola schaute wieder zum See. Das Boot war verschwunden. Sie runzelte die Stirn. Jetzt war ein Geräusch hinter ihr aufgeklungen. Sie drehte sich um. Der Tisch bewegte sich ein wenig. Ihre Augen wurden groß. "Stephan!", rief sie.

Jetzt bewegte sich die Stehlampe etwas.

"Stephan!", schrie sie panisch.

Der kam aus dem Schlafzimmer gerannt und machte Licht. "Carola? Was ist passiert?"

"Der Tisch und die Lampe.", sagte sie zitternd und zeigte dorthin. "Die...Die haben sich bewegt."

Er ging zum Tisch und bückte sich. "Was ist das denn?"

Hinter einem der Vorhänge war ein Prusten zu hören. Leander trat hervor und krümmte sich vor Lachen, immer noch die dünnen Schnüre in der Hand haltend.

"Was soll das?", fuhr Stephan ihn an.

Auf der Treppe erschienen jetzt die Anderen.

"Was ist denn hier los?", fragte Anna schlaftrunken.

"Dein Freund hat nichts Besseres zu tun als nachts Leute zu erschrecken.", erklärte Stephan.

"Ach kommt schon. Das ist doch witzig.", versuchte er zu beschwichtigen.

Carola standen die Tränen in den Augen und sie zitterte am ganzen Körper.

"Caro fand das überhaupt nicht lustig, wie man sieht.", Stephan zeigte auf seine Freundin.

Sie schaute Leander böse an, stapfte in ihr Zimmer und schmiss demonstrativ die Tür zu.

Am nächsten Morgen entschuldigte sich Leander sofort bei Carola. Sie lächelte, weil sie das Wochenende nicht verderben wollte. Aber den Bootsausflug auf den See sagte sie dennoch ab. Sie entschuldigte sich mit enormer Müdigkeit, was nicht gelogen war, weil sie den Rest der Nacht wach gelegen hatte. Josephine und Anna schauten sie mit mitleidig an und Leander bekam einen bösen Blick von ihnen zugeworfen.

"Zum Mittag sind wir wieder da.", sagte Anna und küsste ihre Freundin auf die Stirn. "Vielleicht verliert Leander ja rein zufällig sein Gleichgewicht und fällt ins Wasser.", flüsterte sie Carola verschwörerisch ins Ohr.

Carola lächelte, legte sich auf die Couch und war kurze Zeit später eingeschlafen.

Sie spürte wie jemand ihren Arm berührte.

"Seid ihr schon wieder da?", murmelte Carola schlaftrunken.

Es kam keine Antwort. Sie setzte sich auf und merkte, dass sie allein war. Der Blick auf die Uhr besagte, dass es schon kurz nach eins war. Sie ging zu dem riesigen Panoramafenster und sah hinaus. Auf dem See war nichts zu sehen. Sie schaute auch am Eingang nach. Kein Auto. Die Anderen wollten doch zum Mittag zurück sein. Carola griff zum Handy um zu fragen wo sie denn bleiben. Sie erschrak als sie den Schatten auf der Terrasse sah. Ein älterer Mann saß auf einem der Stühle und schaute auf den See.

Carola trat etwas ängstlich auf die Terrasse und sagte: "Hallo!"

Der Mann schaute sie traurig an. Carola setzte sich ihm gegenüber. "Kann ich Ihnen helfen? Haben Sie sich verlaufen?", fragte sie vorsichtig. Trotz der warmen Temperaturen lief ihr ein Schauer über den Rücken. Jetzt lächelte der Mann. "Nein. Ich habe mich nicht verlaufen. Ich habe mit meinen Freunden hier Urlaub gemacht."

"Aha.", sagte Carola und schaute den Fremden an. Dann fragte sie, um die unangenehme Stille zu unterbrechen: "War das erst vor kurzem?"

"Nein. Das ist viele, sehr viele Jahre her. 1962 um genauer zu sein. Das Haus sah anders aus.", antwortete er und sah zu dem Panoramafenster.

Carola lächelte. "Ach, ich verstehe. Und jetzt wollten sie in Erinnerungen schwelgen. Kommen Ihre Freunde später noch dazu. Sie können sich das Haus auch von innen..." Weiter kam sie nicht.

Der Blick des Mannes wurde unendlich traurig. "Sie kommen nicht. Sie können nicht. Weil sie tot sind."

Carola zuckte ein wenig zusammen. Sie fühlte sich als hätte ihr jemand in den Magen geboxt. Trotzdem fragte sie: "Was ist denn passiert?"

"Wir waren fünf und haben eine Bootstour gemacht. Gisela und Mona, die Mädchen. Manfred, Franz und ich, die Jungs." Er schaute Carola überrascht an. "Habe ich mich schon vorgestellt?"

Sie schüttelte den Kopf.

"Kurt."

"Carola."

Sie lächelten sich an.

Dann wurde Kurt wieder ernst. "Ich weiß bis heute nicht wie das geschehen konnte. Wir haben herumgealbert und das Boot ist gekentert. Gisela und Franz konnten nicht besonders gut schwimmen. Sie sind schnell untergegangen. Wir anderen drei sind getaucht und haben versucht sie wieder hochzuholen.

Aber da waren überall Schlingpflanzen. Wir haben uns darin verfangen. Ich bekam Panik, versuchte die Oberfläche zu erreichen und habe gestrampelt wie ein Verrückter. Irgendwie bin ich nach oben gelangt und ans Ufer geschwommen. Dort habe ich das Bewusstsein verloren. Nach einiger Zeit bin ich aufgewacht. Ich schaute mich um. Aber ich war allein. Ich habe überlegt nochmal ins Wasser zu gehen und nach ihnen zu tauchen. Aber kaum hatte ich ein Fuß in das Wasser gesetzt überkam mich die Panik. Ich bekam Atemnot, lief so schnell ich konnte nach Hause und erzählte was passiert war. Sie wurden später gefunden. Seitdem war ich nie wieder in einem tiefen Gewässer schwimmen."

Carola wagte kaum zu atmen als sie fragte: "Wie alt waren Sie damals?"

"14 Jahre, wie Mona. Die Anderen waren 15." Nach einer Weile sagte Kurt. "Ich fühle mich so schuldig. Ich bin davongelaufen wie ein Feigling. Ich hätte versuchen müssen ihnen zu helfen. Hätte nochmal tauchen sollen und suchen."

Tränen liefen über seine Wangen.

Carola schüttelte den Kopf. "Dann wären Sie bestimmt auch ertrunken."

"Aber sie waren meine Freunde.", sagte Kurt verzweifelt.

"Sie waren erst vierzehn und selbst dem Tod nur knapp entkommen. Sie konnten ihnen nicht mehr helfen. Es war ein tragischer Unfall. Ihre Freunde hätten bestimmt Verständnis gehabt.", versuchte Carola ihn zu beruhigen.

Sie schauten sich in die Augen und dann stumm auf den See. Plötzlich wurde es eiskalt. Carola rieb sich die Oberarme. Währenddessen erhob sich Kurt und lächelte. "Danke, dass Sie mir zu gehört haben und für die netten Worte."

Carola erhob sich auch. "Ihre Freunde hätten Ihnen bestimmt keinen Vorwurf gemacht."

"Das haben sie nicht.", sagte Kurt und verabschiedete sich.

"Hallo! Jemand zu Hause?", hörte Carola es an der Haustür fragen.

Ihre Freunde waren wieder da. Stephan gab ihr einen Kuss und fragte was sie gemacht hatte.

"Essen jedenfalls nicht.", erwiderte Leander enttäuscht.

Carola entschuldigte sich und klärte die Anderen über ihren Besuch auf. Den Inhalt ihrer Unterhaltung beschrieb sie als interessant. Mehr verriet sie nicht. Kurt hatte ihr sein Herz ausgeschüttet. Sie wollte ihn auf keinen Fall bloßstellen und mit seiner Geschichte hausieren gehen.

Am letzten Tag kam der Besitzer, um die Schlüssel abzuholen. Carola fragte ihn ob er einen Kurt kannte. Der Besitzer bejahte.

"Können Sie ihm einen schönen Gruß von mir ausrichten?", fragte sie.

"Das würde ich ja gern, aber das geht nicht mehr."

Carola schaute ihn fragend an. "Ist er schon wieder abgereist?"

"Abgereist? Ja, so kann man das auch nennen."

"Wie meinen Sie das?", fragte sie.

"Er hat hier gelebt und ist vor fünf Tagen gestorben.", war die Antwort des Besitzers.

Carola merkte wie sie blass wurde. Das würde ja bedeuten, dass sie sich mit einem Toten unterhalten hatte. Nein. Das konnte nicht sein. Deshalb fragte Carola ob sie von demselben Kurt sprachen, der 1962 als Einziger den schrecklichen Badeunfall überlebt hatte. Der Besitzer bestätigte. Sie erschauerte.

Jetzt begriff Carola die letzten Worte von Kurt: "Das haben sie nicht."

Er hatte nicht in der Vergangenheitsform gesprochen. Sie erinnerte sich an die plötzliche Kälte kurz bevor Kurt sich verabschiedet hatte. Seine Freunde waren gekommen und hatten ihm keinen Vorwurf gemacht, dass er das Unglück überlebt hatte.

Der weiße Wolf

Jason wachte auf. Er hatte sein Zelt auf einer sehr kleinen Lichtung im Wald aufgeschlagen. Er hatte einfach mal raus gemusst, aus der Stadt. Ruhe und Entspannung wollte er sich ein Wochenende gönnen. Jetzt aber war es vorbei mit der Ruhe. Ein Geräusch hatte ihn geweckt. Jason lauschte. Nichts. `Wer weiß.`, dachte er und legte sich wieder hin. Als er gerade die Augen schließen wollte hörte er es wieder und deutlicher. Ein Heulen. Jason überlegte: `Ein Heulen. Wölfe! Oh man. Nicht doch hier.` Jetzt war er hellwach. Er lauschte weiter und wagte kaum zu atmen. `Wölfe kommen immer im Rudel. Und ich bin allein hier draußen.`, dachte er. `Aber vielleicht bemerken sie mich ja nicht.`, hoffte er. Da war ein Geräusch in der Nähe aufgeklungen. Als ob jemand durch das Unterholz ging. Er hörte aufgeregt auf jeden Laut. Sein Herz schlug ihm bis zum Hals. Der Mond schien sehr hell in dieser Nacht. Das Geräusch entfernte sich von ihm. Erstmals atmete Jason durch. `Glück gehabt.`, dachte er. Sein Herz schlug immer noch heftig. Aber jetzt hatte ihn die Neugierde gepackt. Er wollte wissen was ihn aus dem Schlaf geholt hatte. Vorsichtig öffnete er sein Zelt und steckte seinen Kopf heraus. Er schaute nach links. Nichts. Dann nach rechts. Da sah er gerade noch etwas Helles hinter ein paar Bäumen verschwinden. Jason dachte an eine Täuschung, aber es schien nochmals etwas durch die Bäume. Etwas Weißes und es hatte menschliche Züge. Jetzt musste er es genau wissen. Er zog sich schnell seine Schuhe und Jacke über und folgte dem was oder wer auch immer es war.

Jason schlich vorsichtig näher und versuchte nach Möglichkeit keine Geräusche zu verursachen. Was nicht immer gelang. Aber die Gestalt schien ihn nicht zu bemerken. So viel hatte er schon erkennen können, dass es ein Mensch sein musste. Um sich zu wundern hatte er keine Zeit. Er musste dranbleiben. Plötzlich hörte Jason das Heulen in seiner Nähe. Er erschrak heftig und blieb stehen. Die Gestalt jedoch wanderte weiter auf eine Lichtung zu. Er lief auch vorsichtig weiter und versteckte sich hinter einem Baum. Von dieser Stelle konnte er alles genau erkennen. Die Gestalt blieb mitten auf der Lichtung stehen und schaute in den Wald. Plötzlich entdeckte Jason den Wolf, den er schon die ganze Zeit gehört hatte. Er war groß und lief auf die Gestalt zu. Jason wollte sie warnen wegzurennen, aber er konnte nur staunen. Einen weißen Wolf hatte er noch nie aus nächster Nähe gesehen. Die Gestalt, die einen langen weißen Umhang trug, ging in die Hocke um den Wolf zu begrüßen. Jason wusste nicht was er davon halten sollte. Der Wolf schmiegte sich an die Gestalt und diese erwiderte seine Zuneigung. Die Kapuze des Umhangs fiel herunter. Jetzt schaute Jason noch ungläubiger. Die Gestalt war eine Frau mit langen hellblonden Haaren. `Was zum Teufel geht hier vor?`, dachte Jason. Die Frau stieg jetzt auf den Rücken des Wolfes und der ließ es geschehen. Er heulte laut auf und verschwand mit der Frau auf seinem Rücken im Wald. Jason rieb sich die Augen. `Das gibt es doch nicht. Das glaubt dir keine Menschenseele.`, dachte er. Er stand noch ein paar Minuten hinter dem Baum und hoffte, dass sich der Wolf mit der Frau nochmal blicken ließ. Aber nichts geschah. Er ging wieder zu seinem Zelt zurück und legte sich wieder hin. Er schlief sogar wieder ein und träumte von der Frau, der Lichtung und dem weißen Wolf. Im Traum schaute der Wolf ihn mit seinen grünen Augen an. Grüne Augen bei einem Wolf? Und auch die Frau schaute ihn in seinen Träumen an. Blaue, traurige Augen.

Jason schreckte hoch. `Oh man. Was für ein Traum.`, dachte er. Er packte alles zusammen. Ging aber noch nicht. Jason wollte es genau wissen. Traum oder Wirklichkeit? Er fand die

Lichtung schnell wieder und schaute sich um. Er fand aber nichts, was auf Wolfs- oder menschliche Fußspuren hindeutete. Es war einfach zu trocken.

Er lief zurück, schnappte sich seine Sachen und ging in den kleinen Ort zurück wo er sein Auto hatte stehen lassen. Jason wollte noch etwas trinken und ging in das einzige Restaurant was es dort gab. Er setzte sich an den Tresen, bestellte sich ein Getränk und dachte nochmal über die vergangene Nacht nach. Jason merkte gar nicht, dass sich jemand neben ihn setzte. Ein alter Mann mit sonnengebräunter Haut war es.

Er schaute Jason an und fragte: "Schlimme Nacht gehabt?"

"Wieso fragen Sie?", erwiderte Jason zurück.

"Du siehst so aus.", schlussfolgerte der Mann.

Jason gab zu: "Ungewöhnlich würde ich sagen."

"Du hast sie auch gesehen.", sagte der alte Mann.

Jetzt schluckte Jason und sah den Mann erstaunt an.

Der lächelte und fing an zu erzählen: "Eine Legende von hier besagt, dass vor über 400 Jahren eine Hexe hier gelebt haben soll. Sie war schön und verliebt in einen Jäger. Doch der

Jäger liebte schon ein anderes Mädchen. Die Tochter des damaligen Bürgermeisters. Die Hexe versuchte alles um den Jäger dazu zubringen sie zu lieben. Aber es war vergebens. Nichts konnte wahre Liebe trennen. Außer sich vor Zorn schmiedete die Hexe einen teuflischen Plan. Wenn sie den Jäger nicht haben konnte, dann niemand. Er sollte vom Jäger zum Gejagten werden. Also verwandelte sie ihn in einen weißen Wolf, damit er leicht zu sehen und zu erschießen sei. Aber er entkam seinen Häschern immer wieder. Der Grund für sein Überleben war seine wahre Liebe, die Tochter des Bürgermeisters. Sie versteckte ihn tief im Wald und besuchte ihn so oft es ging. Dann stieg sie auf seinen Rücken und ritt mit ihm weit weg von dem Menschendorf. Sie liebte den Jäger auch in seiner tierischen Gestalt. Immer wenn sie in seine grünen Augen sah erkannte sie ihren Liebsten."

Jason erinnerte sich an seinen Traum. Die grünen Augen.

"Die Hexe hatte ihr Ziel nicht erreicht und wurde später hingerichtet als herauskam was sie war. Die Tochter des Bürgermeisters hat sich nie verheiratet, trotz vieler Bewerber. Sie liebte nur den Einen. Mit dem sie immer noch durch die Wälder streift. So sagt man.", beendete der alte Mann seine Erzählung.

Jason fragte: "Wie sah die Frau aus? Die Geliebte des Wolfes?"

Der alte Mann antwortete: "Jung, hübsch und langes hellblondes Haar. Sie soll blaue Augen gehabt haben und ist immer mit einem weißen Umhang aus dem Haus gegangen."

Jetzt wurde Jason ganz blass.

Der alte Mann stellte eher fest als dass er fragte: "Du hast sie gesehen, nicht wahr?"

Jason konnte nur nicken und antwortete doch: "Ich dachte, ich hätte das alles geträumt."

Der alte Mann lächelte nur und sagte: "Vielleicht hast du das ja auch. Wie so viele vor dir. Schließlich ist es ja nur eine Legende."

Mit diesen Worten erhob sich der alte Mann, zahlte sein Getränk und ging. Jason blieb zurück und konnte nicht klar denken. Er bezahlte auch, ging zu seinem Wagen und öffnete gleich die Fenster. Er atmete nochmal tief durch und fuhr los. Er sah die dichten Wälder an sich vorbeirauschen und erschrak. In der Ferne hörte er ein Heulen, welches ihm durch Mark und Bein ging.

Einbruch

Wolfgang hielt seinen Freunden die Stöckchen hin die er in seiner Hand hatte. Eines war kürzer als die anderen. Welches das war musste noch ermittelt werden. Hans zog als erster. Lang. Er atmete erleichtert auf. Rudolf war der nächste. Er grinste breit als er das lange Stöckchen ansah. Hilmer lachte laut auf. Auch er hatte ein langes gezogen. Peters Hände waren verschwitzt und zitterten als er sich für eines der drei übrig Gebliebenen entschied. Kurz. Jetzt schwitzte er noch mehr.

"Keine Sorge. Der alte Kahnt ist nicht zu Hause.", beruhigte ihn Wolfgang.

Seine Freunde klopften ihm ermutigend auf die Schulter. Fast jeden Tag dachten sich die Drittklässler eine Mutprobe aus. Dieses Mal war es, in das Haus des von fast allen gemiedenen Gustav Wilhelm Kahnt, einzubrechen. Um den griesgrämigen alten Mann rankte sich so manche Schauergeschichte. Die Leute konnten nicht nachvollziehen warum jemand so isoliert leben wollte. Zu Gesicht bekam man ihn nur sehr selten und dann hatte er immer die Mundwinkel nach unten gezogen. Und ausgerechnet aus diesem Haus sollte Peter einen Beweis holen, dass er auch wirklich drin gewesen war.   "An der linken Seite im ersten

Stock steht ein Fenster offen. Da kommst du ganz leicht über das Rankengitter rein.", erklärte Wolfgang.

Peter atmete tief durch und ging.

Es war tatsächlich einfach gewesen in das Haus zu gelangen. Aus dem Schlafzimmer, in das er reingekommen war, ging er schnell nach unten und schaute sich suchend um. Er wollte etwas nicht so Auffälliges mitnehmen und später wieder vor dem Haus ablegen. Seine Wahl fiel auf eine kleine, verstaubte Vogelfigur ganz hinten in der Ecke eines Regals. Eben jenes war so vollgestellt mit diversen Kinkerlitzchen, dass die jetzt leere Stelle gar nicht auffallen würde. Hoffte Peter zumindest.

"Was tust du da?", fragte eine wütende Stimme hinter ihm.

Peter drehte sich zu tiefst erschrocken um. Er schaute in vor Zorn funkelnde Augen. Wann war der alte Kahnt zurückgekehrt? Und warum hatten seine Freunde ihn nicht gewarnt? Jetzt musste er sich schnell eine glaubhafte Geschichte ausdenken.

"Ähm...meine Katze ist in das Fenster oben rein gehuscht. Ich...ähm habe geklingelt. Aber es hat keiner aufgemacht. Da bin ich...ähm das Gitter an der Hauswand hochgeklettert und durch das offene Fenster reingekommen."

Seine Hand mit der Figur hatte er hinter dem Rücken versteckt.

"Du hast kein Recht wegen einer Katze in mein Haus einzubrechen. Außerdem sehe ich hier keine verdammte Katze.", grollte der alte Kahnt.

"Ähm...sie ist bestimmt schon wieder draußen.", versuchte Peter zu erklären und ging einen Schritt Richtung Tür.

Der Alte lief wütend auf ihn zu und sagte: "Du bist ein elender Lügner." Sein Blick fiel auf Peters Arm, den er immer noch hinter dem Rücken versteckte und riss ihn nach vorn. "Und ein verfluchter Dieb noch dazu."

Tränen stiegen in Peters Augen. "Ich werde es nie wieder tun.", schluchzte er.

"Da bin ich mir ganz sicher.", sagte der alte Kahnt böse lächelnd.

Gegenwart

Steven Horn sah das verfallene Haus und ging darauf zu. Er wollte sehen ob es etwas Brauchbares beinhaltete. Sein letzter Einbruch lag schon ein paar Tage zurück und hatte ihm nicht viel eingebracht. Aber seine Hoffnung schwand als er näherkam. Als er die Eingangstür öffnete, kam die ihm entgegen und er musste beiseite springen um nicht getroffen zu werden. Steven schaute sich um.

Aber hier draußen war kein Mensch zu sehen. Also hatte keiner den Lärm gehört. Er trat in das Haus und schaute auf vergilbte Möbelstücke und Bilder an den Wänden. Alles war mit einer dicken Staubschicht bedeckt. Hier musste seit Jahrzehnten keiner mehr gewesen sein. Etwas hinter ihm knackte und er drehte sich erschrocken um. Nichts.

"Ganz ruhig Steven. Das ist Holz. Und Holz lebt ja bekanntlich.", versuchte er sich zu beruhigen.

Trotzdem bekam er in diesem Haus eine Gänsehaut. Unheimlich beschrieb diesen Ort hervorragend. Steven suchte weiter, solange es noch hell war. Er zog einige Schubladen auf, fand aber nicht viel. Ein paar Krawattennadeln und Manschettenknöpfe steckte er ein. Die sahen einigermaßen wertvoll aus. Als er eine Kommode öffnete, sprang ihn ein kleines kreischendes Fellknäuel entgegen und er landete vor Schreck auf dem Hosenboden. Die Maus rannte quietschend vor ihm davon.

"Blödes Vieh.", schimpfte Steven während er sich den Staub abklopfte. In diesem Raum gab es nichts mehr zu holen. Er wollte gerade in das nächste Zimmer gehen als er ein leises Wimmern vernahm. Steven lauschte und hörte angestrengt. Kamen hier doch ab und zu Leute vorbei? Jetzt war es wieder ruhig. `Vielleicht war es ja auch die Maus. `, dachte er. Er ging ein paar Schritte im Flur als er wieder das Wimmern hörte. Er stoppte. Das kam eindeutig aus dem Hausinneren. Besser gesagt aus dem Raum links neben ihm. Eigentlich sollte er schnell die Beine in die Hand nehmen und verschwinden. Steven gab der Tür einen Stoß um sie komplett zu öffnen. Ein Bett stand dort drin. Rechts daneben ein großer Kleiderschrank. Auch hier war alles verstaubt. Hatten sich vielleicht Kinder hier versteckt? Hatten sich die Türen von dem alten Kleiderschrank so verkeilt, dass die Kinder ihn nicht mehr öffnen konnten? Steven ging zu dem Kleiderschrank. Die Türen gingen tatsächlich etwas schwerer auf. Aber nicht so, dass man ihn nicht von innen aufstoßen konnte. Er wollte gerade sagen: "Netter Witz." Aber es blieb ihm im Halse stecken. Der Schrank war, bis auf alte Kleidung, leer. Er schob die Kleidung beiseite und hörte jetzt das Wimmern ganz deutlich.

"Hallo?", fragte Steven vorsichtig.

Ein Klopfen an der hinteren Wand lies ihn erschrocken zurückweichen. Er ging wieder näher ran und klopfte an die Rückwand des Schrankes und fragte: "Hallo? Ist da jemand?"

"Helfen Sie mir.", hörte er eine leise Stimme antworten.

"Wie bist du da reingekommen? Gibt es eine geheime Tür?", fragte Steven und kontrollierte die Rückwand.

"Ich bekomme so schlecht Luft. Helfen Sie mir bitte.", war die Antwort.

Steven sprang aus dem Schrank und zerrte erst an der Seite. Dann stemmte er sich mit seinem Gewicht dagegen. Aber der Schrank war so massiv, dass er sich nicht bewegte. `Verflucht!`, dachte Steven. Alleine schaffte er das nicht.

"Ich hole Hilfe. Hab keine Angst. Bald bist du wieder frei.", rief er und rannte aus dem Haus.

Er holte sein Handy und wählte den Notruf.

Thoralf Theumer hielt seinem Kollegen Karol Pistek eine Akte vor die Nase.

"Was ist das?", fragte Karol.

"Das ist unser Kind aus, beziehungsweise hinter dem Kleiderschrank.", antwortete Thoralf.

Karol studierte interessiert die Akte. Peter Kollmer wurde am 2. Juni 1959 als vermisst gemeldet. Die Polizei führte auch eine Befragung und Hausdurchsuchung bei Gustav Wilhelm Kahnt durch. Dieser hatte zu Protokoll gegeben, dass er Peter beim Einbruch und Diebstahl erwischt hatte. Aber der Junge lief, laut Kahnt, weg. Die Hausdurchsuchung ergab auch nichts. Die Suche wurde auf die

Umgebung und später auf das ganze Land ausgeweitet. Interpol wurde erst 30 Jahre später gegründet und somit war eine internationale Suche schwieriger. Die Ermittlungen verliefen im Sande. Der Fall konnte nie gelöst werden. Karol las die ermittelnden Beamten laut vor. Karl-Friedrich Sander und Kurt Schnitter genossen seit einigen Jahren ihren wohlverdienten Ruhestand.

"Wurden die beiden schon informiert?", fragte Karol seinen Kollegen.

"Unser Chef wollte sich nicht nehmen lassen die beiden selbst zu informieren. Sander war schließlich sein Mentor.", antwortete Thoralf und nahm die ihm gerade gereichte Akte entgegen.

"Wieso hat man eigentlich den Kahnt nicht nochmal in die Mangel genommen? Der hat unseren Kollegen frech ins Gesicht gelogen und die ganzen Jahre neben einer Kinderleiche geschlafen. Das muss man sich mal vorstellen. Wie kann man nur so abgebrüht sein? Abgesehen davon. Wie hat der eigentlich den schweren Schrank bewegt?", fragte Karol und schüttelte den Kopf.

"Kahnt war ein Einzelgänger. Wollte nie viel mit seinen Mitmenschen zu tun haben. Und da in seinem Haus nichts Verdächtiges zu finden war, gab es keinen Grund ihn nochmals zu befragen. Aber er wusste sich anscheinend zu helfen. An der Decke war ein großer Haken. Und im Keller hat man mehrere Flaschenzüge entdeckt.", erklärte Thoralf und hob die Akte in seinen Händen hoch. "Der Obduktionsbericht. Da er luftdicht und kühl in der Wand eingeschlossen war konnte er mumifiziert von uns geborgen werden. In seiner linken Hand befand sich eine kleine Keramik-Figur. Ein Vogel. Ach du Scheiße!"

Karol schaute seinen Kollegen fragend an.

"Es kann einwandfrei bestätigt werden, dass der Junge beim Einmauern noch gelebt hat.", las Thoralf vor.

"Dieser kranke Bastard!", ließ Karol seinen Gefühlen freien Lauf. "Und wir können ihn noch nicht mal zur Verantwortung ziehen, weil er schon vor Jahren gestorben ist. Hoffentlich schmort er dafür in der Hölle."

Thoralf konnte seinen Kollegen verstehen.

"Konnten wir etwas über den anonymen Anrufer herausfinden?", fragte Karol.

Thoralf schüttelte den Kopf: "War ein Prepaid-Handy. Keine Registrierung."

Wieder kam ein Kollege und übergab eine weitere Information. Thoralf lächelte.

"Was ist?", fragte Karol neugierig.

"Rate mal wessen Fingerabdrückte im Haus gefunden wurden und wer vermutlich unser Anrufer war?" Lächelnd reichte Thoralf die Info weiter.

Steven schaute die beiden Beamten an und versuchte sich zu rechtfertigen: "Ich bin vielleicht ein Dieb, aber ich habe ganz sicher kein Herz aus Stein. Und Kindern tue ich erst recht nichts."

"Haben wir ja gar nicht behauptet.", sagte Karol und fragte: "Wir wollen bloß wissen wie du auf das Kind aufmerksam geworden bist?"

Da Steven fast allen Polizisten als Kleinkrimineller bekannt war duzten sie ihn und er störte sich nicht daran.

"Da war zuerst ein Wimmern."

Die Beamten schauten sich ungläubig an.

Steven erzählte weiter: "Ich bin ihm gefolgt bis zu dem Schrank. Dann hat das Kind um Hilfe gebeten."

"Du meinst er hat mit dir gesprochen?", fragte Thoralf erstaunt.

"Ja. Aber der Schrank war zu schwer.", Steven schaute die Beamten verwirrt an und fragte: "Ist der Junge in Sicherheit? Konnte er befreit werden?"

Was Steven dann zu hören bekam ließ ihn an seinem Verstand zweifeln. Auch wenn man ihm zugestand, dass er mitgeholfen hatte ein altes Verbrechen aufgelöst zu haben und der Junge durch ihn seinen Frieden gefunden hatte.

Zwei Wochen später wurden die sterblichen Überreste von Peter Kollmer neben seinen Eltern zur Ruhe gebettet. Es war eine kleine Trauergemeinde. Neben Thoralf und Karol waren die damaligen Freunde von Peter sowie die beiden ursprünglich ermittelnden Beamten anwesend.

Aus einiger Entfernung schaute Steven zu und konnte es immer noch nicht begreifen. Er hatte mit einem Jungen gesprochen, der schon seit mehreren Jahrzehnten nicht mehr am Leben war.

Museum

Dr. Jaqueline von Lahn lief die Gänge entlang und schaute sich die Exponate an. Als Leiterin des Museums führte sie dieses Ritual jeden Montagmorgen durch, um zu sehen ob alles noch an seinem Platz stand. Eine Stunde bevor die Besucher dies auch gegen ein Entgelt tun durften. Das Museum war nicht sehr groß. Hauptsächlich wurden hiesige Ausstellungsstücke gezeigt. Kleidung, Haushalts-Gegenstände aller Art, Kosmetikartikel und Spielsachen aus den vergangenen Jahrhunderten bis in die 1950´er. Sogar ein Klassenzimmer aus den 1940`er Jahren. Ab und zu kamen für einige Monate Leihgaben aus anderen Museen dazu. Im vorigen Jahr zog die ägyptische Sonderausstellung sehr viele Menschen an. Aber man muss den Leuten regelmäßig Neues bieten. Also gab es in diesem Jahr eine Ausstellung über das Mittelalter. Jaqueline lief gerade durch den nachgebauten Thronsaal als ihr Handy klingelte. Sie sah, dass es ihre Sekretärin war.

"Frau Janke, was gibt es?"

"Hier ist ein junger Mann der etwas abgeben möchte."

"Ich bin in fünf Minuten da. Bitte bieten Sie dem jungen Mann etwas zu trinken an, während er wartet.", Jaqueline seufzte. Sie war froh über Spenden aber momentan hatte sie nur wenig Zeit. Zusätzlich zur Ausstellung fand einmal im Monat ein zweitägiges Mittelalter-Spektakel statt. Sie musste noch mit einigen Schaustellern telefonieren, Genehmigungen beantragen und wegen der Brandschutzbestimmungen die Feuerwehr kontaktieren.

Sie betrat das Zimmer ihrer Sekretärin und stellte sich dem jungen Mann, der dort wartete, vor. Irgendwie kam er ihr bekannt vor.
"Gehen wir doch in mein Büro."
Ralf Neubauer hieß der junge Mann der ihr folgte und den mittelgroßen, recht schweren Karton auf einen Tisch an der Wand abstellte.
"Herr Neubauer, ich weiß nicht ob ich es in den nächsten Wochen schaffe das alles durchzusehen. Wie Sie vielleicht wissen findet an diesem Wochenende das Mittelalter-Spektakel statt.", erklärte Jaqueline.
"Oh ja. Da möchte ich unbedingt hin. Das letzte mal konnte ich nicht. Meine Großmutter ist vor einem Monat gestorben. Jetzt haben wir endlich ihr Haus ausgeräumt. Den größten Teil haben wir soziale Einrichtungen gespendet. Aber mit dem konnte keiner was anfangen." Er zeigte auf den Karton.

"Ich sehe es mir an sobald ich Zeit finde. Ich brauche noch den Namen ihrer Großmutter und Ihren eigenen. Damit wir die Besucher informieren können wer die Spender sind. Vorausgesetzt Sie sind einverstanden damit." Ralf Neubauer nickte.

Nachdem er gegangen war, starrte Jaqueline auf den Karton und überlegte einen Blick hinein zu werfen. Ihre Sekretärin meldete sich über die Gegensprechanlage. Ein Schausteller war am Telefon und wünschte sie zu sprechen. Der Karton musste warten. `Vielleicht morgen.`, dachte sie. Als Jaqueline am Abend durch die Gänge schritt vernahm sie einen leichten Fliederduft.

Am nächsten Morgen traf sie zusammen mit ihrer Sekretärin ein. Als sie in den Seiteneingang traten atmete Jaqueline tief ein.

"Was ist? Brennt es?", fragte Frau Janke und schnüffelte.

"Nein. Aber diesen Fliederduft habe ich gestern Abend schon gerochen.", antwortete Jaqueline.

"Flieder?" Die Sekretärin sog tief die Luft ein und schüttelte den Kopf. "Nein. Nur der übliche Geruch."

"Aber riechen Sie denn nicht diesen Fliederduft?"

Frau Janke verneinte abermals während sie die Nase hob und roch. Der Geruch wurde immer intensiver je näher sie dem Büro kamen. Aber Jaqueline äußerte sich nicht dazu, sonst dachte ihre Sekretärin womöglich sie sei verrückt. Als sie in ihr Büro trat sah Jaqueline die Quelle des Duftes. Gestern war ihr dieser Geruch aus dem Karton nicht aufgefallen. Sie öffnete ihn. Eine alte Schreibmaschine fiel ihr sofort ins Auge. Jaqueline stellte sie auf den Tisch, auf dem sie alle neuen Exponate begutachtete. Als Doktor der Archäologie datierte sie die Schreibmaschine auf den ersten Blick zwischen 1930 bis 1940. Das ermittelte sie später genauer. Diverse Stempel, behördliche Papiere und Ausweise holte Jaqueline weiter aus dem Karton. Es sah so aus als hätte die Großmutter von Ralf Neubauer bei einer Behörde gearbeitet. Aber warum befanden sich diese Sachen in ihrem privaten Besitz? Ein kleinerer Karton ganz unten erregte ihre Neugier. Darin war nicht das was draußen drauf stand. Eine alte Holzkiste mit einem aufgemalten Fliederzweig befand sich darin. Jetzt merkte Jaqueline, dass der Fliederduft verschwunden war. Da sie das Fenster nicht geöffnet hatte schaute sie irritiert. Jaqueline war so in Gedanken, dass sie heftig erschrak als sich die Gegensprechanlage meldete. Sie kam an diesem Tag nicht mehr dazu in die Holzkiste zu sehen.

Am Tag danach nahm Jaqueline wieder den Fliederduft wahr der in ihrem Büro endete. Sobald sie die Holzkiste geöffnet hatte, in der sich Briefe befanden, verschwand der Duft nach und nach. Jaqueline dachte nicht weiter darüber nach, weil sie so in den ersten Brief vertieft war. Es handelte sich um Liebesbriefe von einem H. an eine Gretchen. Ralf Neubauers Großmutter hieß Margarete. Anscheinend musste ihre Liaison mit diesem Mann wohl geheim bleiben. Deswegen nur der Kosename und der Anfangsbuchstabe des Absenders. Jaqueline überlegte ob sie die anderen Briefe auch lesen sollte. Schließlich waren sie doch sehr privat. Sie kam bis zum zweiten Brief, dann meldete sich ihr Telefon und die übliche Arbeit rief.

Am nächsten Tag telefonierte Jaqueline mit Ralf Neubauer und fragte was mit den Briefen geschehen sollte. Er wollte sie nicht und gab ihr die Erlaubnis sie zu lesen. Jaqueline hatte fast alle Briefe gelesen als ihr ein größerer Briefumschlag ganz unten auffiel. Sie zog ihn hervor. In ihm befanden sich einige sehr alte Schwarzweiß-Fotos. Auf dem ersten war eine junge, hübsche Frau mit einem Fahrrad zu sehen. Auf der Rückseite stand: Margarete 1943. Ein weiteres Foto zeigte Margarete zwei Jahre später mit einem Kinderwagen. Die Rückseite besagte, dass ihr Kind den Namen Hans trug. Bei der dritten Fotografie stutzte Jaqueline. Wiederum war Margarete mit ihren Jungen zu sehen. Er musste elf oder zwölf Jahre sein, laut der Jahreszahl auf der Rückseite. Sie betrachtete das Gesicht des Jungen intensiv. Aber die beiden standen zu weit von der Kamera weg. Jaqueline nahm das letzte Foto und ihre Augen weiteten sich.

"Das ist unmöglich."

Auf der Rückseite fand sie ihren Verdacht bestätigt. Aber sie wollte ganz sicher sein und wählte eine Nummer in ihrem Handy. Als sie dieses Gespräch beendet hatte, musste sie noch jemanden informieren.

Der alte Mann starrte auf das Foto und sagte schließlich: "Ja, das bin ich."

Jaqueline sank ihrem Stuhl zusammen. Der Mann neben ihm wurde ganz blass. Es war Hans Neubauer, der Sohn von Magarete. Ralf Neubauer stand hinter ihm und krallte sich in der Stuhllehne fest. Er hatte immer geglaubt sein Großvater väterlicherseits wäre im zweiten Weltkrieg gefallen. So hatte es seine

Großmutter ihm und seinem Vater erzählt. Hans Neubauer schaute zu dem Mann der plötzlich sein Vater sein sollte. Seine Mutter war nie verheiratet und hatte nur eine längere Beziehung. Dieser Stiefvater verschwand aber als Hans in die Pubertät kam. Danach war er sozusagen der Mann im Haus gewesen.

"Dann sind Sie...du...mein Onkel?", fragte Jaqueline noch sichtlich schockiert.

"Sieht ganz so aus.", flüsterte Hans.

Er schaute nun zu Heinrich von Lahn. "Ist das wahr? Bist du mein Vater?"

"Mit einem DNA-Test könnte sich das feststellen lassen. Aber mir ist so als würde ich in ein früheres Spiegelbild von mir schauen.", sagte Heinrich.

"Warum hat Großmutter all die Jahre gelogen?", fragte Ralf.

"Die Erklärung steht hier drin.", antwortete Jaqueline, zog einen Brief hervor und gab ihn ihrem Großvater. Heinrich von Lahn las mit zitterenden Händen den an ihn adressierten Brief der nie abgeschickt worden war. Nachdem er ihn gelesen hatte, klärte Jaqueline Hans und Ralf auf. In dem Brief stand, als Margarete merkte, dass sie schwanger war es für das Beste hielt wegzugehen, ohne ihn über das Kind in Kenntnis zu setzen. Um seinen adligen Stand nicht zu gefährden. Und sie fand, dass ihr gemeinsames Projekt jedes Risiko wert gewesen war.

"Was denn für ein Projekt?", fragte Hans.

Jaqueline hob die Schultern. Alle Augen richteten sich nun auf Heinrich.

"Mir blieb die Front erspart, weil ich ein angehender Wissenschaftler war. Chemiker wurden zu Hause benötigt um noch totbringendere Waffen herzustellen. Zum Glück war der Krieg zu Ende bevor meine Kenntnisse für so eine Barbarei benutzt werden konnten. Um das Projekt anzusprechen welches uns verband, jenes war zur damaligen Zeit äußerst gefährlich. Wir haben Papiere und Ausweise gefälscht um flüchtigen Menschen zu helfen. Hauptsächlich Juden. Aber auch Deutsche, die sich gegen die Nazis gestellt haben." Heinrich lächelte bei den nächsten Worten. "Margarete lernte ich in der kleinen Widerstandsgruppe kennen, der wir angehörten. Wir verstanden uns auf Anhieb und sprachen stundenlang über dies und das. Später wurde mehr daraus. Ende 1944 verschwand sie ganz plötzlich. Ich dachte die SS hätte sie geholt." Er zog ein Taschentuch hervor und schnäuzte sich. "Nach dem Krieg suchte ich nach Hinweisen ob sie tatsächlich den Nazis zum Opfer gefallen war. Da waren aber keine. Und alle Neubauers die ich in den

Jahren danach aufsuchte, konnten mir nicht weiterhelfen."

"Meine Mutter und Großmutter lebten kurz nach meiner Geburt eine Zeit lang in Österreich und in der Schweiz. Erst in den fünfziger Jahren kamen wir zurück. Und vor zwanzig Jahren wollte meine Mutter in die Heimat zurück, sprich hier in die Gegend.", erklärte Hans.

Heinrich erzählte weiter: "Ich hätte sie geheiratet. Trotz meines Vaters, der an alten Traditionen festgehalten hatte und nur eine Frau des gleichen Standes für würdig fand mich zu ehelichen. Letzten Endes hat er ja seinen Willen bekommen." Er schaute seine Enkelin an. "Versteh mich nicht falsch. Ich habe deine Großmutter geliebt. Aber Margarete war meine erste große Liebe. Und die vergisst man auch mit 91 Jahren nie. Vor allem in der letzten Zeit habe ich oft an sie gedacht."

Ralf hob die Hand um auf sich aufmerksam zu machen und wandte sich an Jaqueline: "Sie, äh du..."

"Ich denke wir können uns alle mit du anreden.", erklärte sie und jeder nickte.

"Du sagtest am Montag, dass du keine Zeit finden würdest es die nächsten Wochen noch durchzusehen. Warum jetzt doch so schnell?"

"Der Fliederduft."

Die Männer schnüffelten.

"Ich rieche hier keinen Flieder.", stellte Ralf fest.

"Jetzt ist er nicht mehr da. Es mag sich seltsam anhören aber die ganze Woche zog sich ein Fliederduft durch das Museum der hier endete. Und anscheinend rieche nur ich ihn.", versuchte Jaqueline sich zu erklären.

Heinrich meldete sich zu Wort: "Margarete hat diesen Duft geliebt. Sie hat immer Parfüm mit diesem Duft benutzt."

"Das hat sie bis zum Schluss. Ich habe ihr als kleiner Junge ab und zu einen Fliederzweig mitgebracht. Darüber hat sie sich riesig gefreut. Und als sie das Haus hier bezog, musste ich als Erstes Flieder für den Garten besorgen.", bestätigte Hans.

"Haltet mich nicht für verrückt, aber wir haben so viel über Flieder geredet, dass ich ihn jetzt tatsächlich riechen kann.", sagte Ralf.

Alle atmeten tief ein.

"Gibt es vor dem Museum Fliederbüsche?", fragte Hans.

Jaqueline schüttelte den Kopf. "Eben nicht. Deswegen bin ich ja so irritiert gewesen. Ihr riecht das jetzt auch?"

Alle nickten.

Ein paar Wochen später verstarb Heinrich von Lahn. Allerdings konnte er noch seinen Sohn kennenlernen, ihm seine beiden Halbgeschwister vorstellen und Margaretes Grab besuchen. Ohne den Fliederduft wäre diese Familienzusammenführung nicht möglich gewesen. Jaqueline war sich sicher, dass Magarete diesen Duft "geschickt" hatte. Die Schreibmaschine und alles was dazu gehörte, stand nun im Museum. Die Geschichte die damit verbunden war konnten die Besucher auf einer Tafel daneben erfahren. Die Liebesbriefe befanden sich in dem Besitz von Hans Neubauer. Jaqueline überlegte als nächstes eine Sonderausstellung über den zweiten Weltkrieg zu zeigen. Im Fokus die Widerstandkämpfer und ihre gefährliche Arbeit. Und sie war stolz, dass ihr Großvater und Margarete auch dazu gehörten. Sie atmete tief ein und vernahm einen leichten Fliederduft. Lächelnd verlies sie ihr Büro.

Selkie

Es waren nur noch ein paar Wochen bis zum Schlittenhunderennen in Norwegen. Darius arbeitete schon seit einigen Jahren darauf hin. Er hatte schon bei den Rennen im Oberharz, Thüringer Wald, Erzgebirge und auch Schwarzwald teilgenommen. Einen zweiten und zwei dritte Plätze konnte er mittlerweile verbuchen. Nun wollte er zum nördlichsten Schlittenhunderennen der Welt, nach Finnmark. Bei einem Rennen hatte er Gunnar kennengelernt. Er kam aus Norwegen und erzählte Darius von diesem Hunderennen in Finnmark. Er war sofort Feuer und Flamme. Bei diesem Rennen wird dem Musher und seinen Hunden alles abverlangt. Deswegen trainierte Darius seit Monaten härter als sonst. Es hatte vor Tagen kräftig geschneit und somit konnte er unter reellen Bedingungen fahren. Abgesehen von den Temperaturen. Mit minus vierzig Grad brauchte er im Thüringer Wald wohl nicht zu rechnen, in Finnmark schon. Das Thermometer hier zeigte immerhin minus elf Grad. So mancher Ast bog sich unter der Last des Schnees. Er holte seine acht Hunde aus dem Auto und legte ihnen das Geschirr an. Claudia, seine Partnerin, half ihm dabei. Die Hunde waren unruhig und wollten nur noch laufen. Als Letzten und somit ganz vorn als Leader leinte er Selkie an. Selkie war zwar der

Leithund aber Marnie war das Alphatier, die Rudel-Führerin. Sie stand neben Selkie. Seinen Namen hatte Selkie auf Grund seines Aussehens. Seine Schnauze war kürzer als die der anderen Huskys. Warum das so war, konnte keiner erklären. Wohl eine Laune der Natur. Er sah ein wenig aus wie eine Robbe.

Ein Selkie ist ein mystisches Wesen halb Mensch, halb Robbe. Und seine Augen, fand Darius, hatten was Menschliches. Dazu kam das kurze grauweiße Fell. Marnie dagegen war fast weiß und hatte längeres Haar. Mit ihren schwarzen Pfoten sah sie aus, als hätte man ihr Schuhe angezogen. Alle anderen hatten gewöhnliche Färbungen die bei Huskys üblich waren, nur mal etwas heller und mal etwas dunkler. Mit Selkie hatte Darius eine besondere Beziehung, weswegen er auch der Leithund war. Er folgte jedem Kommando von Darius bedingungslos.

"Na dann. Viel Erfolg.", wünschte Claudia.

Sie würde im Auto warten und helfen, wenn es Probleme gab.

Sie fuhren seit über einer Stunde durch den Wald. Es klappte alles super. Zeit für den Rückweg. Über ihm knackte es plötzlich. Darius schaute nach oben und sah nur noch einen riesigen Ast, gepaart mit viel Schnee, auf sich zukommen. Er hob seinen Arm um sich schützen, doch es nützte nicht viel. Der Schlag war heftig. Bevor er das Bewusstsein verlor, hörte Darius noch seine Hunde jaulen.

Claudia wartete jetzt seit weit über zwei Stunden. Sie hatte ab und zu den Wagen laufen lassen, wenn es zu kalt in ihm wurde. In der Zwischenzeit reinigte sie die Boxen und schaute nach dem Wasser und Fressen für ihre Schützlinge. Jetzt besserte sie aus langer Weile das Ersatzgeschirr der Hunde aus. Claudia schaute auf die Uhr. `Eine halbe Stunde gebe ich ihm noch.`, dachte sie. Eigentlich waren zwei Stunden ausgemacht. Nach nicht ganz einer halben Stunde rief sie bei Darius an. Er ging nicht ran. `Na toll. Ich friere mir hier meinen Hintern ab und Mister hat mal wieder sein Handy auf lautlos gestellt.`, dachte Claudia missmutig. Das wäre nicht das erste Mal gewesen. Sie setzte sich wieder in den Wagen und ließ ihn laufen um sich etwas aufzuwärmen. Nach einer knappen Stunde probierte sie zum dritten Mal Darius zu erreichen. Es dämmerte bereits. Jetzt fing sie an sich Sorgen zu machen. So eine Verspätung, ohne sich bei ihr zu melden, war doch untypisch für ihn. Sie rief Dennis an, einen Freund der bei dem Rettungsdienst arbeitete und schilderte die Situation. Er versprach gleich mit Hilfe zu kommen.

Eine halbe Stunde später war die Rettungsmannschaft vor Ort. Sie berieten die Vorgehensweise. Das Problem war allerdings, sie wussten nicht wo sie anfangen sollten. Von der Stelle aus wo sie waren, führten fünf Wege ab. Claudia wusste zwar auf welchem Weg Darius in den Wald gefahren war, aber dieselbe Strecke kam er selten zurück. Sie versuchte nochmal ihn telefonisch zu erreichen. Er nahm nicht ab. Sie legte nervös auf.

"Okay. Wir teilen uns auf. Jede Gruppe nimmt ein Funkgerät. Wir bleiben ständig in Kontakt. Los geht`s.", wies ihr Freund an.

Gerade als sie ihre Zweiergruppen gebildet hatten und losgehen wollten, hörte Claudia ein klagendes Bellen.

"Hört ihr das?", fragte sie die Anderen.

Die Helfer standen da und lauschten eine Weile der absoluten Stille. Ein Jaulen in der Ferne ließ sie alle zusammenzucken.

"Aus welcher Richtung kam das?", flüsterte einer der Helfer.

Wieder hörten sie angestrengt in die Stille. Ein erneutes Jaulen ließ keinen Zweifel, den zweiten Weg von links mussten sie nehmen.

"Alle auf die Schneemobile und..."

"Nein! Das geht nicht.", unterbrach Claudia Dennis.

"Wieso nicht?", fragte er etwas verwirrt.

"Die Schneemobile sind zu laut. Wir würden den Hund nicht mehr hören oder auch die Hilferufe von Darius. Wenn er von der üblichen Strecke abgekommen ist würden wir seine Rufe bei den Motorengeräuschen nicht hören.", gab Claudia zu bedenken.

Dennis nickte und wies zwei seiner Kollegen an zu warten und dann mit den Schneemobilen nachzukommen, sobald sie Darius gefunden hätten. Ein klagendes Bellen unterbrach diese Überlegungen. Alle schauten auf den zweiten Weg von links. In einiger Entfernung stand ein Hund. Claudia kniff die Augen zusammen.

"Selkie?"

"Du kennst den?", fragte Dennis.

"Ja. Ich glaube das ist Selkie. Einer von Darius` Hunden.", antwortete sie.

Aber die Sonne war fast untergegangen, daher war sie sich nicht sicher. Sie leuchtete mit ihrer Taschenlampe in die Richtung.

"Selkie!", rief sie erkennend.

Kein Zweifel. Das robbenähnliche Aussehen. Das war er. Aber anstatt zu ihr zu laufen drehte sich er sich um und lief in die andere Richtung.

"Selkie warte.", rief Claudia und rannte dem Hund hinterher.

Die Rettungsmannschaft folgte ihr in einiger Entfernung. Dennis hatte den beiden Schneemobil-Fahrern die Anweisung gegeben etwas zurückzubleiben, da es den Hund womöglich verschrecken würde.

Nach einer Weile blieb Claudia vor einer Weggabelung stehen. Dennis schloss zu ihr auf und fragte was los sei.

"Ich habe Selkie aus den Augen verloren."

"Oh ver...!" Das klagende Bellen des Hundes unterbrach Dennis. "Da!"

Er zeigte nach rechts. Sie folgten ihm weiter. Immer wieder verlor Claudia Selkie aus den Augen. Aber er machte sich dann erneut bemerkbar. Nach einer dreiviertel Stunde sah Claudia Selkie wiederum nicht mehr. Er tauchte auch nach einer Weile warten nicht mehr auf. Dennis schlug vor den Weg erstmal weiterzugehen. Sie waren noch keine fünfzig Meter gegangen da hörten sie ein Winseln. Bei genauerem hinhören war es nicht nur eins. Sie liefen schneller und sahen in einiger Entfernung einen Schatten. Als sie näher rankamen, erkannten sie einen Schlitten. Jetzt gab es kein halten und sie rannten die letzten Meter. Ein Augenpaar blinzelte ihnen unter einem dicken Ast und einer Menge Schnee entgegen.

"Darius!", rief Claudia erschrocken.

"Hi! Ich habe mich ein wenig verspätet.", war die lapidare und entkräftete Antwort. Sie begannen mit der Bergung.

Darius hatte eine Kopfwunde und einen gebrochenen Arm. Außerdem war er stark unterkühlt. Mehr als eine Stunde hätte Dennis ihm nicht mehr gegeben. Claudia schaute nach den Hunden. Sie hatten im Gegensatz zu Darius keine Verletzungen davongetragen. Nur die letzen beiden hatten etwas Schnee und ein paar Zweige abbekommen. Claudia befreite sie davon.

"Claudia!", hörte sie Dennis nach ihr rufen.

Sie sah ihn ganz vorn stehen und lief zu ihm.

"Fällt dir an dem Geschirr was auf?", fragte er.

Sie ging in die Knie, aber konnte nichts feststellen und sagte es ihm.

"Ja eben.", sagte er mit einem Unterton.

Claudia sah ihn an und erst jetzt wurde ihr bewusst was er meinte. Wie konnte Selkie ihnen den Weg zeigen, wo er doch die ganze Zeit hier festgemacht war. Selkie schaute ihnen aus den menschlich wirkenden Augen entgegen.

U-Bahn

Kurz vor zweiundzwanzig Uhr fuhr die Linie 11 ein, seine Linie. Karsten wartete weit vorn am Bahnsteig. Sein Kollege Hannes hob die Hand zur Begrüßung und kam nicht ganz an der richtigen Stelle zum stehen. Das war so ein geheimer Wettkampf zwischen den beiden. Karsten musste zwei Schritte bis zum Fahrerhaus gehen und bemängelte das auch gleich.

"Ich musste gestern bei dir vier Schritte gehen.", verteidigte sich Hannes.

"Deine Schrittlänge ist die von Kindern. Aber bei so kurzen Beinen, kein Wunder.", konterte Karsten.

"Kann ja nicht jeder so lange Stelzen haben wie du.", erwiderte Hannes und gähnte.

Beide lachten und lösten sich ab. Karsten meldete sich bei der Zentrale und begann seine Schicht. Er bekam von der Zentrale den Hinweis, dass an einem Abschnitt seiner Route Wartungsarbeiten durchgeführt wurde und er auf eine Umleitungsstrecke ausweichen musste. Er fuhr los.

An der nächsten Station stieg Alexandra zu. Sie war Kontrolleurin. Sie grüßte Karsten winkend und mit einem breiten Lächeln. Karsten freute sich. Mit ihr verstand er sich super und sie nahm sich immer ein paar Minuten um mit ihm zu plaudern. Auch privat trafen sie sich für gemeinsame Unternehmungen. Bis jetzt alles nur freundschaftlich. Alexandra kam auch nach einer viertel Stunde zu ihm.

"Hallo!", grüßte sie.

"Hey! Schon fertig?", fragte Karsten.

"Ja. Nicht viel los. Um die Uhrzeit auch nicht verwunderlich."

Karsten fuhr gerade den nächsten Haltepunkt an. Dort standen einige Menschen mehr als an den anderen Stationen. Was nicht ungewöhnlich war, da es sich dort um einen kulturellen Standort handelte. Die Leute kamen aus dem Theater, Kino oder einem der vielen Lokalitäten.

"Na dann. Werde ich mal wieder meines Amtes walten.", sagte Alexandra und ging.

"Lass dich nicht ärgern!", rief Karsten ihr noch nach.

Er wusste, dass es immer wieder Probleme mit Fahrgästen gab, die keinen Fahrschein besaßen. Meistens waren es die Angetrunkenen. Und um diese Uhrzeit war das nicht selten. Noch eine Station und dann musste er auf die Umleitungsstrecke ausweichen.

Alexandra kontrollierte gerade ein älteres Paar, als ihr eine Bewegung ganz hinten im Zug auffiel. Sie meinte etwas Rotes gesehen zu haben. Sie schaute angestrengt durch die Verbindungstür zum letzten Wagon. Sie bedankte sich bei dem Paar und gab die Karten zurück. Alexandra öffnete die Schiebetür und trat in den letzten Wagon. Dort saßen nur zwei Leute im Teenager-Alter eng umschlungen und sich wild küssend. Sie trat etwas näher an die Beiden heran, in der Hoffnung sie hätten Alexandra bemerkt. Sah wohl nicht so aus, denn sie ließen sich überhaupt nicht stören. Alexandra räusperte sich. Das wirkte. Die Beiden lösten sich schnell voneinander und zeigten peinlich berührt ihre Fahrscheine. Alexandra musste sich ein Lächeln verkneifen. Die nächste Station kam in Sicht. Das Pärchen eilte zur Tür und stieg aus. Alexandra sah den Beiden nach und jetzt fiel ihr auf, dass keiner von ihnen etwas Rotes getragen hatte. `Bestimmt eine optische Täuschung`, dachte sie. An jeder Station hangen Werbeplakate mit roten Schriftzügen oder Bildern. Außerdem gab es überall rote Signale auf den Strecken. Der Zug fuhr an und sie wollte gerade wieder nach vorn gehen, als sie einen jungen Mann bemerkte, der sich am hinteren Teil des Wagons festhielt, sie durch die Scheibe anlächelte und auf das Dach kletterte.

Karsten wunderte sich, dass er nicht auf die Ausweichroute umgeleitet wurde und fuhr die übliche Strecke. `Dann sind die wohl mit den Wartungsarbeiten schon fertig.`, dachte er, rief aber trotzdem bei der Leitstelle durch um nachzufragen. Außerdem sah er in einiger Entfernung Lichter neben den Gleisen. In dem Moment durchzog ein heftiger Ruck den gesamten Zug. Karsten flog nach vorn und hielt sich mit beiden Händen an der Fensterscheibe fest. Hinter sich hörte er die Fahrgäste schreien. Er schaute mit großen Augen auf die Szenerie vor ihm. Die Wartungsarbeiten waren nicht abgeschlossen. Er sah die hellen Strahler, die Gerätschaften und Arbeiter auf den Gleisen. Er löste eine Hand, mit Mühe das Gleichgewicht zu halten, vom Fenster und betätigte die Hupe. Das hätte er aber nicht gebraucht, denn die Arbeiter rannten schon weg. Sie hatten den Zug bemerkt, da sie zum Glück nicht hinter einer Kurve arbeiteten. Trotzdem war die U-Bahn ihnen gefährlich nahegekommen. Die ersten Strahler wurden getroffen. Dann folgten die Gerätschaften auf den Gleisen. Je mehr Strahler getroffen worden, um so dunkler wurde es. Jeder Aufprall war mit einem dumpfen Knall verbunden. Endlich kamen sie zum stehen. Karsten wurde zurück in seinen Sitz geschleudert. Er atmete tief durch und versuchte sich zu beruhigen. Er hoffte so sehr, dass es sich bei den Aufprällen wirklich nur um Geräte und keine Menschen gehandelt hatte. Er schaute auf seine Anzeigen. Jemand hatte die Notbremse gezogen. Zitternd nahm er den Hörer und versuchte die Leitstelle zu erreichen.

"Karsten!", schrie der Stellwerksleiter, "Wir wollten dich warnen, dass du den Zug unbedingt anhalten musst. Es war uns nicht möglich euch umzuleiten. Der Befehl kam an der Weiche an, aber es tat sich nichts. Die Rettungskräfte sind schon unterwegs. Wie sieht es bei euch aus? Ihr steht genau an der Stelle wo gearbeitet wurde."

"Ich weiß es nicht genau. Jemand hat die Notbremse gezogen. Sonst wären wir sehr viel weitergefahren. Ich hoffe, ich habe keinen Arbeiter erwischt.", antwortete Karsten mit bebender Stimme.

Wenig später waren die Bergungsarbeiten im vollen Gange. Die Bahn war nicht aus den Gleisen gesprungen, aber an der Front beschädigt. Die meisten Fahrgäste hatten einen Schock. Nur einige hatten Prellungen und einer hatte sich das Handgelenk gebrochen. Die Arbeiter kamen auch mit dem Schrecken davon. Karsten saß jetzt bei der Polizei und gab seine Aussage zu Protokoll. Unweit von ihm saß Alexandra und tat das Gleiche. Sie hatte die Notbremse gezogen, weil sie gesehen hatte wie ein jemand auf das Dach geklettert war. Sie konnte die S-Bahn oder U-Bahn-Surfer nicht begreifen, wo doch jeder mit gesundem Menschenverstand weiß wie gefährlich das ist. Sie beschrieb gerade den jungen Mann so gut sie konnte. Das auffälligste Merkmal war der breite rote Streifen quer über der schwarzen Jacke, der aussah wie ein Blitz. Da Karsten mit seiner Aussage fertig war hörten er und der Polizist zu.

"So einer war bei den Leuten nicht dabei.", sagte der Polizist an Karstens Seite. "Wenn er sich allerdings kurz nachdem die Bahn gestoppt hat aus dem Staub gemacht hat, ist das nicht verwunderlich.", fuhr er fort.

"Ich weiß, dass er sich strafbar gemacht hat. Aber durch ihn hat Alexandra die Notbremse gezogen. Meine Bremsung ein paar Sekunden später hätte in einer Katastrophe geendet.", gab Karsten zu bedenken.

"Sollen wir dem jungen Mann jetzt einen Orden überreichen?", fragte der Polizist an Karstens Seite sarkastisch.

"Das kannst du dir sparen. Er würde sie bestimmt nicht annehmen.", meinte sein

Kollege, der sich als Patrick Zerber vorgestellt hatte.

Drei Augenpaare schauten ihn fragend an. Er tippte etwas in seinem Computer und drehte den Bildschirm.

"Das ist er.", rief Alexandra aufgeregt.

"Jacob Schirmer. Zu dem Zeitpunkt war er der Star in der Szene. Sein Markenzeichen war der rote Blitz. Und niemand durfte dieselbe Kleidung tragen und das gilt noch heute. Vor sieben Jahren ist er beim U-Bahn-Surfen verunglückt. Er kam unter die Räder und beide Beine wurden dabei abgetrennt. Er hat nur knapp überlebt. Seitdem sitzt er im Rollstuhl."

Alexandra schaute den Beamten mit großen Augen an.

"Hat er einen Bruder der ihm ähnlich sieht?", fragte sie.

Er schüttelte den Kopf. "Nur eine ältere Schwester."

"Das war eindeutig keine Frau, die da hochgeklettert ist. Und verrückt bin ich auch nicht. Ich weiß, was ich gesehen habe.", versuchte Alexandra sich zu verteidigen.

"Vielleicht hat ja doch jemand den Kleidungsstil von diesem Jakob Schirmer übernommen.", gab Karsten zu bedenken.

"Das wäre möglich. Aber ich glaube eher nicht. Diese Jacke war ein Unikat. Und sie befindet sich noch immer in seinem Besitz.", erklärte Zerber.

"Wieso bist du dir da so sicher?", fragte sein Kollege.

"Ich war voriges Jahr auf einem seiner Vorträge. Die hält er seit seinem Unfall in Schulen, Universitäten und auf diversen Veranstaltungen. Und diese Jacke bringt er immer als mahnendes Beispiel mit.", antwortete er.

Alexandra war verwirrt und fragte: "Wie ist das möglich? Ich habe diesen jungen Mann gesehen." Sei zeigte auf den Bildschirm. "Sonst hätte ich ihn wohl kaum so gut beschreiben können."

Patrick Zerber lächelte sie an. "Ich habe mich nach dem Vortrag mit Jacob unterhalten. Er sagte mir, wenn er nur einen Menschen mit seiner Geschichte vor dem Tode bewahren könne, dann hätte es sich schon gelohnt." Er machte eine bedeutungsvolle Pause. "Und heute hat er ja mehrere Leben gerettet. Irgendwie."

Die Geschichten in diesem Buch sind von der Autorin frei erfunden. Namen und Ähnlichkeiten mit lebenden und toten Menschen, in Verbindung mit diesen Geschichten, wären rein zufällig. Oder vielleicht auch nicht, wer weiß?!

Ein Bauwerk ist allerdings nicht erfunden. Burg Rabenstein gibt es tatsächlich mehrere Male in Deutschland. Bestimmt auch in Ihrer Nähe. Vielleicht finden Sie den Baum von Konrad und Anneliese.
Ebenfalls gibt es das Schlittenhunderennen in Finnmark (Norwegen).

Die Bilder in diesem Buch wurden von meiner lieben Freundin Astrid Lanzke (asti-poeti@art-creator.de) gezeichnet. Ich habe dann nur noch kleine Feinheiten eingearbeitet. Vielen Dank dafür, Astrid. Ein großes Dankeschön auch an deinen Mann für seine Unterstützung in allen anderen Belangen.